BRUJIL NAVIDAD

UN MISTERIO PARANORMAL DE LAS BRUJAS DE WESTWICK

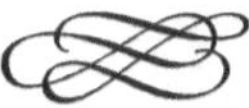

COLLEEN CROSS

Traducido por
ALICIA BOTELLA JUAN

OTRAS OBRAS DE COLLEEN CROSS

Los misterios de las brujas de Westwick

Caza de brujas

La bruja de la suerte

Bruja y famosa

Brujil Navidad

Serie de suspenses y misterios de Katerina Carter, detective privada

Maniobra de evasión

Teoría del Juego

Fórmula Mortal

Greenwash: Un Engaño Verde

Fraude en rojo

Luna azul

No-Ficción:

Anatomía de un esquema Ponzi: Estafas pasadas y presentes

¡Inscríbete su boletín para estar al tanto de sus nuevos lanzamientos!

http://eepurl.com/c0js9v

www.colleencross.com

BRUJIL NAVIDAD

Come, bebe, y envenénate...

Cendrine West está ilusionada con la acogedora cena de Nochebuena cuando estalla una tormenta, trayendo consigo a varios comensales inesperados. Pero las brujas ebrias y la magia son la receta perfecta para el desastre, sobre todo cuando uno de los invitados muere. Las dotes detectivescas de Cen sacan a la luz un montón de problemas más hondos que el saco de Santa Claus y todos son sospechosos, incluido su atractivo novio, el sheriff.

¿Es un accidente mortal provocado por una bruja borracha o algo aún más siniestro? El asesinato entra en el menú y solo la magia será capaz de revelar la verdad en este emocionante y alocado relato navideño.

Los misterios de las brujas de Westwick sono para amantes de la diversión y los libros de misterio con toques sobrenaturales. Si todavía no te has leído los tres primeros títulos de la colección (Caza de brujas, La bruja de la suerte y Bruja y famosa, puedes conseguirlos en un pack por un precio especial.

«Un cruce entre Embruajda y Miss Marple»

«Cinco estrellas para la perfecta combinación entre magia, muérdago y asesinato»

«Un fascinante relato sobrenatural. Si te gustan los misterios te encantarán Cendrine West y su peculiar familia»

«Uno de los mejores libros de misterio que he leído en mucho tiempo. Un imaginativo misterio detectivesco que combina la novela policíaca de Agatha Christie con un libro de fantasía de Harry Potter, ¡magia para adultos!»

¡BRUJIL NAVIDAD DE PARTE DE LAS BRUJAS DE WESTWICK!

Es Nochebuena y todo está cubierto de nieve,
bajo el muérdago, se besan los que se quieren.
La familia West alberga inusuales huéspedes,
al menos uno de ellos tiene un amor en ciernes.

Sus viejos trucos las brujas juegan,
siempre intentando romper las reglas.
Hasta que algo el estómago se revuelve,
y las cosas toman un giro sorprendente.

Las brujas se pasan con la comida y la bebida,
toman sin parar hasta están hasta arriba.
Cuando el caos se desate y la magia se descontrole,
es muy posible que acaben en el Polo Norte.

A pesar de la alegría navideña,
uno de ellos pagará una condena eterna.
Una tormenta de nieve cae en el exterior,
pero las fiestas de Yule se celebran en el interior.

CAPÍTULO 1

*L*a Navidad es mi época favorita del año. Y que aquella fuera la primera que pasaba con Tyler la hacía aún más especial. El simple hecho de pensar en mi alto y apuesto novio me hizo sonreír. No podía esperar a verlo. Todavía estaba trabajando por culpa de la tormenta de nieve masiva que azotaba a Westwick Corners y nos había aislado del resto del mundo.

Su retraso solo hacía que mi anticipación fuera más encantadora. Se me aceleró el pulso cuando me imaginé besándolo, con sus fuertes brazos alrededor de mi cintura. Nuestra primera Nochebuena sería algo que recordaríamos con cariño durante muchísimo tiempo.

Como sheriff de Westwick Corners y único agente de la ley, Tyler Gates siempre estaba ocupado. Principalmente por culpa de la tía Pearl, que siempre estaba quebrantando la ley y complicándole la vida. Su prioridad era expulsarlo de la ciudad como había hecho con todos los sheriffs anteriores a él.

Esperaba que aquella noche fuera diferente, sobre todo porque la tía Pearl no estaba por ahí causando problemas por la tormenta de nieve. En cambio, había pasado todo el día en casa con la familia. Era algo inusual porque mi tía era bastante antisocial. Pero lo más raro de todo era que había sido ella quien había invitado a Tyler a la cena tradicional de Nochebuena.

Yo llevaba semanas planeando las fiestas hasta el último detalle. La Navidad era la única época del año en la que cerrábamos el negocio familiar y nos tomábamos un descanso de nuestras ajetreadas vidas.

Ser bruja no incluía ningún cheque, así que todas necesitábamos un empleo para llegar a fin de mes, por lo que habíamos convertido la mansión familiar en el Hostal Westwick Corners, una casa rural muy acogedora. Además, nuestras propiedades incluían una bodega y un pub, Embrujo, que atraía principalmente a la gente del pueblo.

Nuestra casa familiar había sido reformada por necesidad, ya que no había empleos en nuestro pueblo casi fantasma. Todo eso cambiaba durante las navidades, cuando cerrábamos el hostal y lo volvíamos a utilizar como hogar familiar.

Además de mis tareas en el hostal, también dirigía un periódico, el Westwick Corners Weekly. Acababa de publicar la edición navideña e incluso había escrito los artículos de la siguiente semana. Nunca sucedía nada en un pueblo tan pequeño, así que podía permitirme cerrar la operación periódico de una sola redactora durante las vacaciones.

Llevaba semanas esperando la cena de Nochebuena y quería que fuera el principio de unas vacaciones para recordar con Tyler.

Sin embargo, no iba por buen camino.

Tenía las navidades blancas con las que había soñado, pero el paraíso invernal se había convertido en una prisión de nieve. Ya había decenas de centímetros de nieve acumulados y aumentaban con el paso de las horas. Todo eso sería perfecto si Tyler y yo estuviéramos acurrucados frente a una acogedora chimenea mientras los copos de nieve blanqueaban el campo que nos rodeaba.

En cambio, Tyler estaba atrapado en la carretera ayudando a los motoristas que se habían quedado atascados. Cerré los ojos suspiré. Ojalá la tormenta hubiera esperado un día más. Me estremecí al pensar en Tyler en medio de la nieve. Los caminos eran traicioneros. Ya había anochecido y llevaba todo el día sin saber nada de él. Me preocupaba que no llegara a tiempo para la cena de Nochebuena.

Normalmente me encantaba el silencio que acompañaba a las nevadas, pero aquella noche era diferente. La tormenta invernal había estallado rápida e inesperadamente por la mañana con fuertes ráfagas de viento y lomos de nieve lo suficientemente altos para enterrar coches. Y en aquel momento aún nevaba más. Cerré los ojos y me imaginé el momento en que finalmente Tyler y yo estaríamos juntos bajo el muérdago. Mi espera estaba llena de preocupación.

Saqué el móvil del bolsillo y lo llamé. Pareció pasar una eternidad antes de que respondiera.

—Cen... quería llamarte. —La voz de Tyler sonaba distante e inquieta—. Acabo ahora de ayudar con un remolque atascado. La carretera es intransitable, pero voy de camino. Llegaré pronto. Te echo de menos.

—Yo también te echo de menos.

Solo imaginar los cálidos ojos marrones de Tyler hizo que se me dibujara una sonrisa. Nos veíamos todos los días. De hecho, no era raro que nos encontráramos constantemente en el pueblo casi desierto. Aunque, últimamente, ambos habíamos trabajado muchas horas para poder disfrutar de tiempo ininterrumpido juntos.

—Le diré a mamá que espere para sacar la cena. Ven tan pronto como puedas.

Suspiré y colgué. Entonces recordé la otra cosa que estropeaba mis planes.

Merlinda.

La estudiante estrella de la tía Pearl que no se había ido a Vanuatu a pasar las vacaciones como tenía planeado. El vuelo de regreso a su paraíso tropical en el Pacífico Sur había sido cancelado por culpa de la tormenta. Pasaría la Navidad con nosotros.

Merlinda era una aprendiz de bruja extremadamente poderosa. Lo conseguía todo sin esfuerzo. Básicamente, era todo lo que yo no era. No es que no me cayera bien. De hecho, casi ni la conocía. Siempre estaba inmersa en algún libro de hechizos y sola. Solo la veía de pasada porque se hospedaba en el hostal cuando había clases de la Escuela de Encanto Pearl.

Merlinda había pasado a formar parte del tiempo especial para la familia y eso no me gustaba nada. Casi me sentía como una extraña en mi propia casa con ella allí. La tía Pearl adoraba a su estudiante mascota y prácticamente nos ignoraba a todos los demás. Incluso mamá y la tía Amber parecían totalmente encantadas con Merlinda. A su lado, me sentía una bruja incompetente. Y también me sentía invisible.

Los hechizos de Merlinda rivalizaban con los de los mejores del mundillo y ni siquiera había terminado la escuela. Además, era guapa. Su exótica piel oscura atraía las miradas las pocas veces que se decidía a adentrarse en el pueblo. Nunca socializaba, pero eso solo la hacía más atractiva y misteriosa ante los ojos de cualquier hombre de Westwick Corners. Se sentían cautivados tanto por su belleza como por su encantador acento sureño.

Tendría que haber estado ayudando a mamá y a la tía Amber en la cocina con la cena, pero me mantuve alejada porque no quería que notaran mi mal humor. En vez de eso, miré por todo el salón, esperando que la decoración festiva me levantara el ánimo.

Pese a ser brujas, éramos bastante tradicionales en Nochebuena. Todo el comedor estaba decorado con luces, guirnaldas y adornos propios de la temporada. Había un árbol de Navidad de más de dos metros junto a la chimenea, y, colgando del marco, los calcetines hechos a mano por mamá. Había un calcetín de fieltro de decorado para cada una de nosotras: para mamá, para la tía Amber, para la tía Pearl y para mí. Y uno extra que había cosido mamá esa misma mañana para Merlinda cuando su vuelo fue cancelado.

Que Merlinda se quedara lo estropeaba todo. me sentía culpable por pensar así, pero también tenía la sensación de que su presencia sacaría el lado malo de la tía Pearl. Y tenía que reconocer que me sentía bastante celosa de Merlinda. La brujería y todo eso no representaba ningún esfuerzo para ella.

Como si fuera una señal, Merlinda y la tía Pearl irrumpieron por la puerta principal, riendo mientras se quitaban las botas cubiertas de nieve en el pasillo.

Esa era otra cosa me molestaba. Mi tía solía ser malhumorada, solitaria y problemática, siempre pensando en crear polémica y echar a los sheriffs como Tyler del pueblo. Pero, cuando estaba con Merlinda, se transformaba en una risueña señora dispuesta a difundir la magia blanca por todas partes. Con Merlinda, por supuesto, conmigo no.

Ambas entraron en el comedor sin darse cuenta de mi presencia mientras reían hablando de un hechizo avanzado que estaba mucho más allá de mis posibilidades. Demonios, es que no podía ni entender de qué hablaban. En cuestión de minutos estaban encantando hologramas de elfos y renos, tratando de superarse la una a la otra.

La tía Pearl incluso se había arreglado para la cena. Llevaba un traje pantalón de terciopelo verde, probablemente elegido por razones prácticas. Se veía elegante pero al mismo tiempo le permitía moverse sin restricciones para lo que ella llamaba sus «actividades atléticas». Yo las llamaba «incendios provocados», al igual que la mayoría de la gente del pueblo que mantenía una vigilancia contra incendios, o más bien una vigilancia contra Pearl, cuando hacía mejor tiempo. Con suerte, la cena de Nochebuena y la tormenta invernal le proporcionarían distracción suficiente para mantenerla alejada de los problemas al menos por una noche.

Tyler, como único agente de la ley de Westwick Corners, había ido como loco con los eventos del día relacionados con la nieve. No necesitaba pasar la Nochebuena en una vigilancia criminal hacia la tía Pearl. Eso cuando llegara.

Mis pensamientos se vieron interrumpidos por el tintineo del brazalete de encanto de la tía Pearl mientras movía su brazo en una floritura.

Merlinda se echó a reír, mostrando una sonrisa reluciente.

Los celos que sentía eran solo culpa mía. Merlinda no podía evitar ser guapa. Y la culpa de no haber estudiado más era mía. No era de extrañar que la tía Pearl se sintiera frustrada conmigo.

La brujería era prácticamente el negocio familiar de las West. Sin embargo, no estaba bien pagada. Por eso trabajábamos en el hostal. Los huéspedes traían el efectivo que tanto necesitábamos. Trabajar en el hostal no era tan glamuroso como la brujería, pero al menos pagaba las facturas.

—Qué pena que Earl no pueda venir.

Era vengativo por mi parte, pero no podía evitarlo. Merlinda no soportaba a Earl. No sé si era el admirador más entusiasta de la tía Pearl o su novio secreto. Dependía de con quién hablaras. También era un rival para Merlinda.

Earl era un granjero dulce e inofensivo de unos setenta años. Era viudo y jubilado, había vendido la granja recientemente para mudarse al pueblo. No tenía ni idea de qué había visto en la tía Pearl un hombre tan tranquilo como Earl, ni de por qué Merlinda lo detestaba tanto. Ambos competían constantemente por la atención de la tía Pearl. Los celos de Merlinda hacia Earl eran el único fallo que había visto en su comportamiento normalmente impecable.

—Earl no viene —espetó la tía Pearl—. La tormenta es demasiado para él.

—Qué lástima.

Eso solo me recordó que Tyler todavía estaba fuera luchando contra la tormenta de nieve. A medida que el clima empeoraba, también lo hacían mis esperanzas de una Navidad romántica e íntima.

—¡Cen, presta atención! Podrías aprender algo. Serías mejor bruja si te centraras como Merlinda.

Merlinda susurró algo en voz baja mientras se apartaba el cabello negro por encima del hombro.

La sala se iluminó como si fuera luz solar. Mientras lo hacía, el sonido del agua que golpeaba la ventana se convirtió en olas. Una bola de cristal flotaba sobre las manos extendidas de Merlinda, irradiando luz y energía. Dentro había una caleidoscópica vista de una isla tropical con palmeras, cabañas y chiringuito.

Un ukelele sonaba dulcemente.

Un paraíso tropical acristalado, con banda sonora incluida.

¿Cómo podía competir con eso?

Merlinda era una bruja tan buena como la tía Pearl. O puede que incluso mejor. Nunca lo había creído posible, ya que la tía Pearl era la bruja más poderosa que había visto jamás.

Pero ya no.

No hacía falta decir que las habilidades de Merlinda sobrepasaban largamente mis talentos. No sería capaz de conjurar un vaso de agua ni aunque mi vida dependiera de ello, mucho menos podría crear un paraíso en la palma de la mano. Sonreí con falsedad, esperando que el resentimiento que ardía en mí no se notara.

—¡Bravo! —aplaudió la tía Amber desde el marco de la puerta con una expresión de asombro en el rostro—. Es la mejor versión de ese hechizo que he visto nunca.

No era de extrañar que la tía Pearl adorara a Merlinda.

Era la alumna perfecta y su protegida. Agradable, con ansias de aprender, y, por lo que podía ver, prácticamente sobresalía en todo. Merlinda no hacía frente a los berrinches de la tía Pearl ni cuestionaba sus prácticas pirotécnicas. A ojos de mi tía, era perfecta.

Merlinda era la mascota de la tía Pearl. Yo, por otro lado, era una desertora de la Escuela de Encanto Pearl. Nunca me había importado mi habilidad para lanzar hechizos porque la brujería no era la carrera que había elegido.

Sin embargo, es el camino que fue elegido para mí. Aunque decidiera no usar la magia a diario, seguiría siendo parte de mi identidad como bruja. La tía Pearl decía que era mi destino, me gustara o no. Era mi deber lanzar hechizos, preparar pociones y realizar otras tareas de brujería cuando fuera necesario. Ese último elemento era lo que me molestaba. ¿Por qué no podía simplemente ejercer mi libre albedrío y vivir una vida normal?

Porque no importaba cuánto lo intentara, parecía que no poseyera los talentos de la familia. Mamá era excelente en pociones de hierbas, mientras que la tía Amber era una experta lanzando hechizos. La tía Pearl era una maestra versátil en todos los aspectos de la brujería, por lo que se dedicaba a la enseñanza. Esperaba sacar brujas expertas de su Escuela de Encanto Pearl. Cualquier cosa inferior era inaceptable.

Yo, por otro lado, no dominaba ninguna de esas cosas. En parte porque no me gustaba el riesgo, una cualidad no deseable en una bruja, y en parte por mi falta de disciplina. Era mejor analizando hechos, usando la lógica y ejerciendo labores periodísticas. La tía Pearl decía que ese era mi plan de repuesto fracasado. Nunca me dejaba vivir tranquila.

—¿Ves cómo se hace, Cendrine?

La tía Pearl solo usaba mi nombre completo cuando estaba enfadada o molesta conmigo. Juntó las palmas de las manos y asintió con la cabeza hacia su estudiante estrella.

—No puedes esperar tener éxito a menos que te esfuerces. ¿Verdad, Merlinda?

Merlinda se sonrojó ante la mención a su nombre. O puede que le avergonzaran las críticas de la tía Pearl hacia mí.

—Esa es mi casa, al lado del arrecife de coral —explicó Merlinda señalando una finca palaciega en un acantilado que sobresalía sobre un mar azul turquesa—. Me encanta Westwick Corners, pero quería estar en casa en vacaciones. Supongo que ver Vanuatu debajo del cristal es lo más parecido a estar allí.

Las olas lamían el cristal de la bola de nieve tropical como si estuvieran de acuerdo.

—Cuántos detalles. Tu bola es preciosa. —La tía Amber, con un ponche de huevo en la mano, se acercó a la bola de nieve tropical de Merlinda para verla mejor—. Oye, ¿esa es tu isla?

Merlinda asintió.

—Sí, es Vanuatu a tiempo real.

—Es increíble. —La tía Amber hizo una mueca al dar un sorbo al ponche de huevo—. En este ponche hay algo mal. Creo que he agregado demasiada nuez moscada.

Todos mirábamos la pequeña bola, hipnotizadas por las personitas que se movían por la gran finca frente al mar. Coches en miniatura pasaban por una carretera cercana. Había una pareja de cabello canoso sentada y cogida de la mano mientras varios hombres se ocupaban de los jardines formales que rodeaban la mansión. Recordaba a un diorama de museo, excepto que todos estaban en movimiento. Era un *reality show* en el que las estrellas no sabían que estaban siendo observadas.

Era escalofriante si te parabas a pensarlo.

—Casi puedo sentir la brisa tropical. Mucho mejor que Google Earth. —La tía Amber se colocó un mechón pelirrojo detrás de la oreja mientras miraba la bola de cristal—. Tienes un gran talento, Merlinda.

—Esta vez he tenido suerte con el hechizo —comentó Merlinda encogiéndose de hombros.

—¿Cómo hay luz solar en tu bola? Ya es de noche.

Me complacía secretamente señalar su error.

—Eso es porque allí ya es el día siguiente —dijo Merlinda—. Vanuatu está a mil quinientos kilómetros al este de Australia.

—Ah.

Deseé haber mantenido la boca cerrada. Me sentí tonta por no haber caído en la diferencia horaria.

—Lo que hace que tu bola Vanuatu sea aún más increíble. Es tu talento sobrenatural, no suerte —dijo la tía Pearl sonriéndole a Merlinda antes de volverse hacia mí con un brillo maquiavélico en los ojos—. Cendrine, ¿por qué no lo intentas?

La tía Pearl sabía muy bien que no era capaz de lograr nada parecido a eso. Era una trampa para avergonzarme, así que decidí cambiar de tema.

—¿Quién es esta gente?

—Los de la terraza son mis padres —dijo Merlinda—. Los demás son el personal de la casa.

—Inténtalo tú, Cendrine —me sonrió la tía Pearl falsamente—. Practica para los juegos.

Los juegos de brujería de Nochebuena eran una tradición en la familia West, pero yo era prácticamente una espectadora. Había hecho algunos hechizos, pero solo en presencia de mi familia. No estaba dispuesta a hacer magia frente a Merlinda. Además de la presión, estaba segura de que la petición de la tía Pearl venía con condiciones.

—Preferiría no hacerlo. Tengamos una Nochebuena normal —protesté—. Sin brujería.

—Pero siempre hacemos hechizos —replicó la tía Amber—. Una Nochebuena sin hechizos es como un pastel de chocolate sin glaseado. ¿De qué otra forma pasaremos el tiempo?

—El resto de las familias se las arreglan bien.

Escudriñé la habitación buscando a mamá para rescatarme, pero todavía estaba en la cocina.

—Bueno, no somos una familia al uso, ¿verdad? —La tía Amber

vació el resto de su ponche de huevo y dejó el vaso vacío sobre la mesa de café—. Venga, Cen, inténtalo.

Negué con la cabeza.

—Las dos me prometisteis que actuaríamos con normalidad esta noche.

—¿Con normalidad? —preguntó la tía Pearl—. ¿Quieres decir como una familia no mágica? Sinceramente, Cendrine, eres una ingrata. No les das importancia a tus poderes. No sabes la suerte que tienes. —Negó lentamente con la cabeza—. Esta noche es como cualquier otra Nochebuena con la familia West. Merlinda es prácticamente de la familia. Ha compartido generosamente una instantánea de la Navidad en Vanuatu con nosotros. ¿Por qué no compartes algo tú también?

Me había puesto en el punto de mira. Definitivamente, la tía Pearl tramaba algo, pero ¿qué?

—Merlinda ya ha hecho un gran trabajo. ¿Qué podría añadir yo?

La tía Pearl se rascó la barbilla.

—Podrías mostrarle a Merlinda como es la Navidad en Westwick Corners.

Me encogí de hombros.

—Es exactamente así, como lo ve.

—Ya sabes a lo que me refiero —dijo la tía Pearl—. Con todas las campanas y silbatos.

No lo sabía, pero tenía la sensación de que estaba a punto de mostrármelo. Miré a Merlinda. Seguía con la vista fija en la tía Pearl, con el brillo de la adoración en la mirada.

Su amor mutuo era muy molesto.

—Guau, Vanuatu es precioso de verdad. Podríamos planear unas vacaciones familiares allí —dijo la tía Amber—. Debes estar muy triste por no haber podido volar a casa.

Merlinda contempló melancólicamente los grandes copos que caían como paracaidistas invasores.

—No pasa nada. Ahora puedo experimentar unas navidades blancas. Nunca nieva en Vanuatu, así que no parecía que fuera Navidad.

Movió la mano y la bola fue flotando hacia el árbol de Navidad. Lo sobrevoló brevemente antes de colocarse entre las ramas del árbol.

Observé todo el comedor. Los ventisqueros adornaban las ventanas cuadradas y enmarcaban el maravilloso paisaje invernal del exterior.

Nuestro majestuoso árbol de Navidad estaba cargado de adornos y coronado con una centelleante estrella.

Y ahora también estaba adornado con la bola mágica de Merlinda. Su adquisición navideña estaba completa.

Parecía una escena sacada de una felicitación de navidad. Pero en la familia West, las emociones siempre hervían bajo la superficie, en particular entre la tía Pearl y la tía Amber. Nuestras cenas normalmente acababan en disputa antes del postre, pero tal vez con Merlinda presente dejarían a un lado la rivalidad entre hermanas. Al menos parecía que hasta el momento se estaban comportando.

Volví a centrarme en Merlinda. Por primera vez, sentí pena por ella, lejos de su familia en esta época del año.

—Sé que no es a lo que estás acostumbrada, pero Westwick Corners es bastante tranquilo en Navidad, incluso con una tormenta de nieve.

—Podemos hacer que sea aún mejor —dijo la tía Pearl—. Recrearemos las navidades de la infancia de Cen y lo podrás experimentar de primera mano.

—¡Qué gran idea! —contestó la tía Amber—. Inmersión completa. ¡Vamos!

Abrí la boca para hablar, pero no salió ningún sonido. En cambio, una descarga de aire frío me invadió los pulmones y me dejó sin aliento. Tosí con tanta fuerza que caí hacia atrás. Me senté y me di cuenta de que ya no estaba en el comedor. Lo que había confundido con el sillón era en realidad nieve. De hecho, estaba hasta al cuello. De algún modo, había acabado en el exterior, a menos de cero grados, medio enterrada en medio de una tormenta de nieve.

Sola.

Me estremecí y me froté los brazos ya entumecidos.

Si se suponía que Merlinda tenía que experimentar mis navidades, resulta que estaba extrañamente ausente. De hecho, todas lo estaban. Tal vez el hechizo saliera mal. O quizás estaban todas ocupadas reviviendo las navidades de mi infancia sin mí.

Las nubes bajas hacían que todo se sintiera cercano y misterioso. No había edificios reconocibles ni puntos de referencia que pudiera ver. Solo nieve por todas partes.

Había otra cosa preocupante. Todavía era de día. O bien había retrocedido unas horas, lo que conllevaría un complicado hechizo de viaje en el tiempo, o bien estaba atrapada en una bola de nieve con unas horas de retraso. Supuse que sería lo segundo porque a mamá le daría un ataque si la tía Pearl me hubiera retrocedido en el tiempo el día de Nochebuena.

Pero si las demás estaban fuera de la bola, no podía verlas ni oírlas. Creía que sentía su presencia, pero quizás era solo lo que deseaba. Me sentía como un animal del zoo, expuesta bajo el cristal para el deleite de otra persona. Excepto porque la nieve parecía muy real. Se arremolinaba a mi alrededor y los copos húmedos se me pegaban a los brazos desnudos. Me estremecí y me pregunté si sería otro de los trucos de la tía Pearl para mantenerme apartada de Tyler.

¿Y si cuándo llegaba yo no estaba allí? Todo tipo de situaciones me pasaron por la mente. ¿Y si la tía Pearl lo enviaba a buscarme a la tormenta?

Se me hundió el corazón cuando me di cuenta de que la tía Pearl volvía a sus viejos trucos, frustrando cualquier posibilidad de unas navidades románticas y acogedoras. Odiaba a Tyler porque la multaba cada vez que se saltaba la ley. Nunca le dejaba pasar nada. Su rencor contra él se dirigía ahora hacia mí, con la esperanza de que rompiera con él.

No me rendiría tan fácilmente.

Pero, al menos por el momento, estaba atrapada. Expulsada de mi mundo por capricho de la tía Pearl, que actuaba más como una niña de dos años que como la mujer de setenta y dos años que era.

Me crucé de brazos y temblé por el frío. Mi vestido sin mangas no era el más adecuado para las heladas temperaturas y la nieve que no dejaba de caer. En unos minutos sufriría hipotermia. Seguro que la tía Pearl me rescataría antes de que me congelara.

Pero, por si no lo hacía, necesitaba un plan de repuesto. Miré a mi alrededor y vi un antiguo trineo en el que no había reparado antes. Me acerqué por la parte trasera y me di cuenta de que parecía un carruaje tirado por caballos, solo que mucho más grande.

El carruaje abierto estaba lleno de cajas de carga. Las cajas me tapaban la vista y no me dejaban sitio para sentarme ni para ponerme de pie.

Caminé penosamente a través de la nieve que me llegaba hasta los muslos y rodeé el trineo antes de que una ráfaga de viento casi me derribara. Me agaché debajo de la parte trasera del carruaje para buscar refugio. La nieve se me metió por los botines y las piernas desnudas se me habían entumecido tanto que apenas las sentía.

El viento aullaba y aumentaba la intensidad. El pequeño refugio que proporcionaba el trineo compensaba la nieve que entraba en contacto con mi piel. Ahora también tenía el trasero entumecido. Quedarse ahí significaría congelarme hasta la muerte. Me moví y me caminé hacia el frente del trineo.

Mis esperanzas se dispararon cuando me di cuenta de que no estaba sola. Se desvanecieron con la misma rapidez cuando vi al gran hombre que se sentaba en el asiento delantero.

Cuando me acerqué, lo reconocí.

Santa Claus.

Y renos.

Ocho de ellos y yo.

Me reí a carcajadas con los renos falsos. Los adornos de tamaño descomunal eran característicos de la tía Pearl. Pero, si era cosa de magia, ¿por qué me estaba congelando lentamente hasta la muerte? A veces era increíblemente desconsiderada, pero no era cruel.

Además, lo normal sería que ya me hubiera rescatado, sobre todo teniendo en cuenta que la tía Amber también estaba presente. Algo había ido terriblemente mal. ¿Estaban las dos tan hechizadas por Merlinda que se habían olvidado de mí?

Me apoyé en el trineo y concebí un plan. Al menos el trineo me proporcionaba un pequeño refugio del viento. Volví a esconderme debajo del trineo, pero el hueco entre el suelo del trineo y la nieve acumulada por la ventisca se había reducido a pocos centímetros.

No iba a funcionar. Me quedé de pie, indefensa, mientras me preguntaba qué hacer. La nieve caía con tanta fuerza que no tardaría en sepultarme.

Tenía que salir de aquel embrollo.

—¡Ayuda!

Estaba al borde de las lágrimas.

Nadie me respondió. Suspiré derrotada. Era casi la hora de la cena de Nochebuena y en lugar de relajarme con una bebida junto al fuego, estaba a punto de morir dentro de una bola de nieve mágica.

Tenía que moverme mientras aún conservara el control de mis piernas medio congeladas. Me tambaleé hacia adelante como si estuviera borracha, sin embargo, no había bebido ni gota de alcohol. Sin mi orientación, no tenía ni idea de qué camino tomar, así que me dirigí hacia donde señalaba el trineo.

El suelo retumbó bajo mis pies.

Me sobresalté cuando algo tintineó detrás de mí. Me di la vuelta y me quedé congelada.

Los renos.

Habían cobrado vida en un instante. Resoplaban y arañaban el suelo nevado como caballos de carrera antes de correr. Estiraron de los arneses, empujando el trineo con ellos. Estaba a punto de ser atropellada por ocho renos inquietos y no había nadie para ayudarme.

Tropecé en la nieve, tratando escapar frenéticamente de la rebelde manada. Pero cada vez que cambiaba de dirección, los renos también lo hacían.

El suelo tembló con más fuerza mientras me tambaleaba intentando mantener el equilibrio y me golpeé el codo con algo.

Cristal.

Golpeé con todas mis fuerzas.

¡Dejadme salir!

CAPÍTULO 2

—¿*L*o ves, Cen? Así es cómo se hace correctamente un hechizo de teletransportación.

La tía Pearl miraba con adoración a Merlinda, completamente ajena a mi hipotermia y posible congelación.

Merlinda sonrió con superioridad.

—Podía haber muerto congelada.

Tenía borroso el recuerdo de la salida de la bola de nieve. Lo único que recordaba era una estampida de renos y cristales rotos. Sin embargo, mi piel casi congelada era real.

Me ardían los dedos cuando cogí la copa de vino. Me había servido una generosa cantidad de merlot antes de sentarme en el sillón junto a la chimenea. Tragué mientras me descongelaba lentamente por dentro como fuego ardiente. Todavía no tenía ni idea de cómo había escapado de mi prisión en la bola de nieve. Ni de cómo había vuelto a la casa.

—Hay quien aprende mejor practicando. Como tú, Cendrine. La tía Pearl me sonrió con dulzura.

La tía Amber me dirigió una mirada comprensiva.

—Pearl había olvidado la última frase del hechizo, he tenido que ayudarla un poco. La tía Pearl puso los ojos en blanco.

—No seas ridícula, Amber. Yo nunca olvido nada, lo he hecho a propósito, para crear suspense. Era parte de la experiencia.

Me bebí lo que quedaba de vino y dejé la copa sobre la mesa de café. Me froté las manos junto al fuego. Todavía tenía los dedos azulados y me dolían enormemente.

—Creo que tengo hipotermia. ¿Cómo has podido dejarme fuera así? Podría haber muerto.

La tía Pearl puso de nuevo los ojos en blanco.

—Madre mía, Cendrine, eres como una flor de invernadero.

—¿Te has olvidado de mí, verdad?

No sabía qué era más alarmante, si el hecho de que la tía Pearl se hubiera olvidado de mí o que hubiera olvidado un hechizo. Puede que su edad le estuviera afectando porque parecía algo despistada. Una bruja senil no era motivo de risa.

Mis pensamientos fueron interrumpidos por el timbre.

Tyler. Me dio un vuelco el corazón cuando visualicé a mi novio con el uniforme de sheriff. Ahora que estaba aquí, por fin podíamos empezar la navidad todos juntos. Ni la tía Pearl ni Merlinda me importaban ya.

Eché un vistazo por la ventana del comedor mientras me acercaba a la puerta. Fuera estaba completamente oscuro, y el viento había cobrado la fuerza de una tormenta. Sacudía las antiguas ventanas y silbaba al entrar por la chimenea.

De algún modo, Tyler había conseguido llegar a pesar de la tormenta, y no me importaba nada más.

—Ya era hora de que apareciera ese novio tuyo. Vamos a cenar.

La tía Pearl empujó a la tía Amber y a Merlinda hacia el comedor. La cautela que me caracterizaba normalmente me había abandonado. Puede que fuera cosa del espíritu navideño, o del vino, o de lo que había sucedido después del primer vino. Todavía estaba traumatizada por mi rescate de la bola de nieve y el último giro me había acelerado el pulso. No esperaba ver a nadie que no fuera Tyler. Ciertamente, no esperaba al extraño que apareció ante mi puerta.

Grandes tatuajes en el cuello asomaban bajo su chaqueta de cuero. Tenía el pelo corto y desigual y parecía que no había dormido en días.

El corazón me golpeaba el pecho. Los atracos y robos ocurrían en otros lugares, en grandes ciudades y en lugares de cruces de carreteras. No en un pueblecito aislado por una tormenta en Nochebuena. Como una señal, un potente ráfaga de viento abrió la puerta principal y lleno la entrada con copos de nieve.

—Lo siento, está cerrado por vacaciones.

Alcé la mano para coger el picaporte con cuidado de no apartar los ojos del enorme hombre que tenía a pocos centímetros de distancia. No teníamos ninguna reserva y los clientes del hostal solían ser parejas buscando una escapada romántica. Claramente este tipo viajaba solo.

Se encogió de hombros y se rascó la barba.

—Sí, lo sé.

Ya había anochecido, era Nochebuena y se estaba haciendo tarde. Todo eso eran motivos por los que ese hombre no tenía que estar aquí. Tenía un mal presentimiento sobre el corpulento extraño que tenía frente a mí. Lo que me faltaba de magia de bruja, lo compensaba con una gran cantidad de sentido común a la antigua.

Mi cerebro primario me dijo que cerrara la puerta. Mi cerebro lógico lo calló y me pidió que me calmara.

—Si necesita indicaciones para volver a la autopista le puedo ayudar…

—No, no me he perdido. Tengo que estar aquí. Quiero decir… no he venido por ninguna habitación. —Sonrió mostrando un diente de oro—. Bueno, quizá sí.

—Lo siento, no hay habitaciones libres esta noche.

Intenté cerrar la puerta pero el hombre de unos treinta y tantos tenía la intención de mantenerla abierta. Dio un paso hacia adelante y metió la bota en el umbral, impidiéndome cerrar.

Retrocedí mientras evaluaba mis opciones. Debía pesar más de cien kilos. Su torso musculado era evidente incluso bajo su pesada chaqueta de invierno que supuse que sería del entrenamiento en prisión y no de ningún campamento. Su cuello tatuado y su dura expresión lo respaldaban.

Físicamente, no era rival para él, pero era una bruja. Tenía otros modos para eliminarlo si era necesario.

Si recordara como usarlos…

Solo me acordaba de un puñado de hechizos cotidianos. Nada útil para impedir un atraco.

—¿Mamá? ¿Tía Amber? Alguien que venga a la puerta —grité en dirección a la puerta de la cocina. Seguramente una familia de brujas me cubriría la espalda.

O puede que no. Nadie respondía a mi llamada. No me oían entre todas las risas y el tintineo de las copas. Volví a mirar al extraño.

Me sonrió mostrando de nuevo su diente de oro.

—Parece que celebráis una fiesta.

—Será mejor que se vaya o no podrá volver a la carretera con tanta nieve acumulada.

Hablé con voz calmada y señalé su vehículo, un gran Cadillac Escalade aparcado en medio de la entrada.

Probablemente robado.

Se inclinó hacia mí tan cerca que pude oler el café de su aliento.

—No. Estoy en el lugar correcto. He venido a ver a alguien.

—Como ya le he dicho, el hostal está cerrado. Aquí no hay nadie…

Retrocedí involuntariamente repelida por su cercanía.

Frunció el ceño y se quitó la nieve de las botas, dejando sus huellas marcadas en la nieve de la entrada. Cualesquiera que fuera sus intenciones criminales, al menos tenía ciertos modales. Aparté de mi mente la imagen de la cinta amarilla rodeando la escena del crimen mientras miraba esperanzada hacia el camino de la entrada. Pero no había señales del Jeep de Tyler subiendo la colina.

Nada.

Sentía que se me iba a salir el corazón.

No esperaba a nadie que no fuera Tyler, y la nadie hacía visitas improvisadas en Nochebuena. Ni siquiera la gente del pueblo porque Embrujo, nuestro bar, también estaba cerrado por vacaciones. Cualquiera que hubiera visto el gran letrero de cerrado al principio del camino habría dado media vuelta.

Nuestro hostal también estaba a las afueras del pueblo, a kilómetros de la carretera principal. La mayoría de la gente no conseguía encontrar Westwick Corners ni siquiera cuando lo buscaban, menos aún llegarían aquí con la nieve. Además, conocía a toda la gente del pueblo y los pocos visitantes esperados habían llegado antes. Ninguno de ellos era este tipo. Un error era poco probable.

El corazón me dio un vuelco.

Sí que era un atraco.

Di un paso atrás e intenté cerrar la puerta de nuevo. ¿En qué narices estaba pensando? El ambiente navideño me había hecho bajar la guardia.

El hombre dio un paso adelante. Ya tenía la mitad del cuerpo dentro.

—Siento llegar tarde. El tráfico era horrible.

Presioné más con la puerta, esperando empujar su pie.

—Creo que se equivoca...

Me ignoró y siguió hablando:

—Me alegro de haber llegado por fin. La nieve esta es complicada, casi no consigo subir la cuesta con mi Escalade. No va muy bien en la nieve.

Miré hacia su vehículo. Me ponía nerviosa que lo dejara en la entrada. Se las había arreglado para subir por la colina con treinta centímetros de nieve y no se molestaba en conducir seis metros más hasta el aparcamiento. Intenté que no me molestara. No importaba ya que no esperábamos a nadie.

A excepción de Tyler, que llevaba una hora de retraso. ¿Y si le había pasado algo malo? O peor, ¿y si iba a pasarnos algo malo a nosotras? Al menos Tyler vería el vehículo negro como una posible advertencia de que se acercaba a una emboscada.

Como sheriff, Tyler podía cuidarse solito. Pero ni siquiera un policía espera un atraco en Nochebuena.

A pesar del frío, estaba sudando. Me sequé la frente con el dorso de la mano y me animé a recuperar la compostura.

—¿Se ha perdido? —Se me aceleró el pulso. Ya que Westwick

Corners estaba tan apartado, era la única explicación posible—. Al final de la colina gire a la derecha, conduzca ocho kilómetros y gire a la izquierda en el cruce. Eso le devolverá a la autopista.

No se movió ni un pelo.

Y mi familia ya estaba borracha y fuera del alcance de mi voz.

CAPÍTULO 3

—¿Vas a dejarme entrar? —El desconocido me miró con sus penetrantes ojos verdes. Una sonrisa se dibujó en su rostro y me tendió la mano—. Ah… No sabes quién soy, ¿verdad? Soy Dominic, el compañero de Merlinda.

«Compañero» me parecía una palabra extraña en ese matón, pero puede que de donde él viniera el lenguaje fuera un poco más formal. Era vagamente consciente de que Merlinda tenía un novio en Vanuatu, pero el acento de Dominic sonaba más a Texas que al Pacífico Sur. Por otra parte, Merlinda rara vez lo mencionaba, así que sabía poco y nada.

—¿El novio de Merlinda?

Solté la mano que aferraba fuertemente el picaporte y le estreché la mano. Otro intruso que se unía a nosotras en Nochebuena.

—No me había dicho que vendrías.

—Pareces decepcionada.

—No, es solo que… no importa.

Ya no temía por mi vida y pude observar a Dominic más objetivamente. Era guapo de un modo áspero, un malote. Y los copos de nieve que le cubrían el cabello rubio oscuro le daban cierto encanto.

Dominic avanzó otro paso hasta bloquear por completo la puerta.

—Merlinda no sabe que estoy aquí. Se supone que es una sorpresa. Pero Pearl sí que lo sabía, ella es quien me ha invitado a cenar esta noche.

Me quedé boquiabierta. No solo porque Dominic hubiera volado hasta aquí por una simple invitación a una cena, sino porque la tía Pearl era la persona más antisocial que conocía. Odiaba a los visitantes de todo tipo y hacía todo lo posible por evitar a las personas. Era una fuente constante de roces con los clientes del hostal. ¿Por qué era tan hospitalaria de repente? Algo no cuadraba.

El encaprichamiento de la tía Pearl con Merlinda había alterado por completo su personalidad. No era simplemente que hubiera invitado a un extraño a cenar. Había invitado a Dominic en Nochebuena. No sabía que era más raro, si la invitación de la tía Pearl o que olvidara mencionarlo.

Ni siquiera los renos Rodolfo, Trueno y Relámpago estaban en condiciones de circular en tal tormenta de nieve. Eso también significaba que Dominic no había venido solo para cenar. Tendría que quedarse a pasar la noche, o puede que incluso más tiempo. El único quitanieves del pueblo no se pondría en marcha hasta que dejara de nevar. Eso sería como pronto el día de Navidad.

Pero lidiar con las consecuencias era problema de la tía Pearl. La seguridad siempre era lo último para ella, por lo que podría aprender una lección. Mientras abría la puerta y le indicaba a Dominic que entrara, me di cuenta de que Merlinda ni tan solo tenía pensado pasar la Navidad en Westwick Corners. Únicamente estaba aquí porque su vuelo había sido cancelado. ¿Cuándo exactamente había invitado la tía Pearl a Dominic?

El chico se pasó una mano por el pelo.

—¿Pearl no ha dicho que me había invitado a cenar?

Negué con la cabeza y retrocedí mientras él entraba a la casa.

—Me temo que no.

Dominic levantó las manos en señal de disculpa.

—Quería traer algo de vino pero todas las tiendas están cerradas.

Le quité importancia con la mano.

—No es necesario, tenemos mucha bebida.

Nuestra reserva siempre bien abastecida se podía reponer desde Embrujo si era necesario. La comida tampoco era un problema, ya que mamá siempre hacía demasiada. Puede que por eso Pearl no se lo hubiera dicho a mamá. O quizá a las dos se les había olvidado contármelo.

En cualquier caso, con la suficiente cantidad de comida y alcohol podría superar la velada.

Se formaron pequeños charcos en el suelo de parqué mientras Dominic se quitaba las botas.

Un hechizo podría devolverlo todo a la normalidad rápidamente, pero me molestó su desconsideración. Era descuidado y totalmente lo opuesto a Merlinda la perfecta, y aun así no me gustaban ninguno de los dos.

Puede que el problema fuera mío. Me estaba volviendo loca por minutos.

Con una sonrisa falsa, tomé la chaqueta de Dominic y la colgué en el perchero antes de llevarlo hacia el salón.

—Merlinda, tienes visita.

Los ojos de Merlinda se abrieron de par en par cuando salió del comedor. Se quedó un instante en el umbral sin decir nada. Luego se tambaleó sobre sus tacones altos hacia Dominic y lo abrazó.

Él se inclinó y la besó en la mejilla.

Cuando se separó de él le dijo:

—Se supone que estabas en Vanuatu. ¿Cómo has llegado hasta aquí con esta tormenta?

Dominic se encogió de hombros.

—He volado hasta Shady Creek esta mañana. Quería sorprenderte antes, pero con toda la nieve casi no lo consigo. He viajado más de cinco horas para llegar hasta aquí. Las carreteras son un completo desastre.

—Pero yo iba a volver a casa por Navidad —dijo Merlinda—. Lo sabías.

—Lo sé, pero tenía planeado llegar antes de que tu avión despegara. Aunque durante un momento creí que no lo conseguiría.

—Por suerte mi vuelo fue cancelado, si no nos habríamos cruzado.

Merlinda parecía una princesa aún más refinada en comparación con su novio tatuado. Hacían una extraña pareja y Merlinda no parecía muy emocionada por verlo. El alegre estado de ánimo que mostraba unos instantes antes había desaparecido.

El relato de Dominic me pareció extraño. Yo no olvidaría los planes de viaje de Tyler en una situación así, más bien al contrario, estaría contando los días hasta su regreso. Dominic tampoco actuaba como un novio profundamente enamorado. Algo no cuadraba, pero mi cerebro confundido por el alcohol no estaba listo para analizar en esos momentos.

No tenía ni idea de cuánto se tardaba en volar de Vanuatu a Seattle y de Seattle a Shady Creek, pero era un vuelo largo, probablemente de un mínimo de doce horas. Si añadimos conducir hasta Westwick Corners en invierno la idea de una visita sorpresa parecía terriblemente extraña.

Mi ánimo decayó cuando recordé a Tyler todavía atrapado por las vicisitudes atmosféricas. Podría perderse la cena de Nochebuena y las vacaciones especiales de la familia West. Me moría de ganas de compartirlas con él.

—Cinco horas conduciendo es mucho tiempo —dijo Merlinda—. Shady Creek está a solo una hora.

Dominic asintió.

—La carretera era un caos. Tuve suerte de coger el último Escalade en la agencia de alquiler.

Recordé el vehículo estacionado fuera. Parecía más para presumir que para la nieve y nunca había visto nada parecido en una agencia, y menos en Shady Creek. Sospechaba que Dominic estaba mintiendo, pero ¿por qué? Era un detalle poco importante, pero también implicaba que había algo más en su historia.

De repente la noche se me antojaba mucho más interesante, aún con Tyler llegando tarde. ¿Qué había visto la guapa de Merlinda en un tipo duro? Además de estar en forma, iba desaliñado y su belleza era del montón. Eso no tenía nada de malo, pero Merlinda podría aspirar a mucho más. ¿Por qué quería salir con este chico?

CAPÍTULO 4

El aroma del pavo asado flotó hasta nosotros mientras nos dirigíamos hacia el comedor.

Me detuve en la puerta del comedor y dejé pasar a Merlinda y Dominic delante de mí. Sentí una punzada de compasión por Tyler, todavía atrapado entre el frío. Me rugió el estómago y me recordó que no había comido nada desde la hora del desayuno.

—Lo primero es lo primero.

Dominic reparó en el muérdago cuando pasaron por debajo del umbral. Pasó un brazo protector sobre los hombros de Merlinda, la acercó hacia él y la besó.

—¡Ay!

Merlinda se echó atrás con una expresión de dolor en el rostro. Se apoyó contra la puerta y se dobló de dolor.

—¿Qué pasa, cariño? —Dominic le colocó un mechón de su cabello oscuro tiernamente detrás de la oreja—. Calambres estomacales. Aunque Pearl me ha dado un poco de su té especial de cardo. Creo que me siento algo mejor.

Merlinda miró a Dominic a los ojos y lo besó.

Dominic y Merlinda bloqueaban la puerta de acceso al comedor, así que estaba atrapada tras ellos mientras permanecieran bajo el muérdago. El contraste entre la hermosa Merlinda, delgada como una modelo, y el aspecto rudo de Dominic era sorprendente.

La llegada de Dominic tenía un lado positivo, ya que su presencia interferiría entre la extraña dinámica que había entre Merlinda y la tía Pearl. Ahora mi tía tendría que competir con Dominic por la atención de Merlinda.

De repente apareció la tía Amber a poca distancia de la pareja. Envueltos en su abrazo, permanecieron ajenos a su presencia.

—Qué monos.

La tía Amber flotaba a unos centímetros del suelo detrás de la pareja y levantaba los brazos para ajustar el muérdago. Arrancó una ramita mientras Dominic y Merlinda seguían besándose. Un trocito cayó sobre la cabeza de Dominic, pero él no pareció darse cuenta.

No sabía si el comentario de la tía Amber iba por la pareja o por la tía Pearl, que nunca le preparaba té a nadie.

—¡Tía Amber, baja!

Me alarmó su descarado uso de la magia ante extraños. La tía Amber era una de las principales ejecutivas de la Asociación Internacional del Arte de la Brujería y debería ir con más cuidado. Normalmente seguía estrictamente las reglas. Puede que fuera cosa del ambiente festivo, pero su flagrante desprecio por las regulaciones de la AIAB era preocupante.

—No me hables como si fuera un perro, Cendrine —siseó la tía Amber—. Muéstrale respeto a tu tía.

Me encogí de hombros.

—Solo quería proteger los secretos familiares. Y evitarte problemas con la AIAB.

La tía Amber suspiró y puso los ojos en blanco.

—No tengo problemas. Puedo cuidar de mí misma perfectamente.

Todos parecían irritables y nerviosos aquella noche. Era el efecto de las vacaciones.

Eché un vistazo a Merlinda y Dominic. Seguían en su pequeño mundo, a pesar de estar en medio de nuestra discusión, y permanecían totalmente ajenos a las travesuras de la tía Amber.

—¿Cuál es el problema?

La tía Amber volvía a tener los pies sobre el suelo, pero todavía parecía molesta.

—Tenemos un invitado, ¿recuerdas?

Era poco probable, pero aun así era posible que Dominic no estuviera al tanto de que su novia era una bruja ni de que la Escuela de Encanto Pearl no era una escuela normal y corriente. Pero aunque supiera de los talentos de Merlinda, no conocía los nuestros. Quería que siguiera así. Al menos esperaba que Merlinda no hubiera revelado nuestro secreto. En cualquier caso, no se deben revelar los talentos especiales a los desconocidos.

—Relájate, Cen. Es Navidad.

La tía Amber se tambaleó hasta mí. Iba al menos por el cuarto ponche de huevo. Un poco de alcohol y las leyes quedaban a un lado.

Merlinda se deshizo del abrazo de Dominic y me frunció el ceño.

—¿Qué pasa?

Maldije mi propia estupidez. Merlinda y Dominic no habían notado que la tía Amber levitaba, pero sí que habían oído nuestras voces.

Antes de que pudiera responder, la tía Amber le entregó a Merlinda la ramita de muérdago.

—Necesitarás esto, cariño. El muérdago tiene cualidades protectoras, estarás a salvo mientras lo lleves.

Dominic puso los ojos en blanco.

—No necesitas una planta muerta que te proteja. Tu acosador de Vanuatu no puede hacerte daño aquí. Sobre todo conmigo a tu lado para protegerte.

La promesa de Dominic parecía bastante inútil, ya que Westwick Corners solía estar bastante desierto en diciembre. Dudaba que incluso un acosador hiciera el esfuerzo de llegar hasta aquí. Merlinda prácticamente no necesitaba protección. Aun así, surgió la pregunta:

—¿Tienes un acosador?

—En realidad no es nada. Dominic exagera. —Merlinda se volvió hacia él y le sonrió—. Tienes razón. Aquí estoy segura. Todas las amenazas están a cientos de kilómetros de distancia.

—¿Qué tipo de amenazas? ¿Qué quieren exactamente de ti?

La vida de Merlinda parecía tan perfecta que no podía imaginar que nada le preocupara. ¿Qué podía haber de siniestro en una isla paradisíaca como Vanuatu? Me imaginaba una tranquila isla en el pacífico sur sin una nube que tapara el sol.

Merlinda se encogió de hombros.

—No importa. Dominic me protegerá.

Se deshizo de su abrazo y le sonrió.

—Cualquier que quiera lastimar a mi bebé tendrá que pasar primero por encima de mí.

Dominic agarró con fuerza el brazo de Merlinda y la condujo al comedor. La acompañó hasta la mesa y le tendió una silla. Cuando estuvo sentada, se sentó a su lado.

La tía Amber y yo seguimos a la pareja hasta el comedor. Definitivamente, la cena de Navidad se había vuelto más interesante.

—Llevo planeando mi visita sorpresa durante semanas. Pearl lo sabe todo —dijo Dominic—. Aunque casi no lo consigo por culpa de la nieve. Tengo una gran sorpresa para ti, nena.

Merlinda pareció un poco aprehensiva, pero logró esbozar una leve sonrisa.

—¿Qué tipo de sorpresa?

Dominic no respondió. En cambio, dio una palmada sobre la mesa.

—¿Dónde está Pearl? Me muero por conocer en persona a la mentora de Merlinda.

Sonreí al pensar en mi tía, romperadora de la ley y creadora de problemas, como la mentora de alguien. Tampoco conseguía visualizarla con Dominic. Además de odiar a los hombres, consideraría a Dominic una amenaza compitiendo por la atención de su única estudiante y estrella. Lo que hacía aún más extraña su invitación.

—Creo que está en la cocina —dije—. Mientras esperamos, ¿queréis algo de beber?

—¿Hay cerveza?

Entré en la cocina, donde mamá y la tía Pearl estaban de espaldas a mí. Mamá revolvía una gran olla de estofado mientras la tía Pearl estaba ocupada cortando el pastel de Navidad de mamá y colocándolo en una fuente grande. La tía Pearl había apilado docenas de rebanadas, lo suficiente para un pequeño ejército. Más que de sobra para emborracharlos a todos. El pastel de Navidad de mamá estaba bañado en alcohol.

La tía Pearl sabía que ninguno de nosotros se lo comería. En vez de eso, nos las apañaríamos para esconder las raciones no consumidas en cada rincón y grieta del comedor hasta que pudiéramos recuperarlas y deshacernos de ellas más tarde. Era injusto servirlo a los invitados, pero eso se lo dejaba a la tía Pearl. Al fin y al cabo, ella los había invitado.

A pesar del talento de mamá en la cocina, su pastel cargado de alcohol era horrible. Mamá no aceptaba bien las críticas y no nos atrevíamos a decirle lo malo que estaba. Así que, año tras año, ocultábamos nuestro intenso disgusto por el pastel y mamá hacía más y más. De verdad creía que nos encantaba.

La receta del pastel de Navidad de la familia West se remontaba a nuestros antepasados británicos. Se había transmitido durante generaciones junto con la leyenda de que el pastel era la verdadera razón por la que ninguna criatura espantosa aparecía la noche antes de Navidad. Nuestra antigua casa, una vez, había albergado ratones. Eso hasta que mamá redescubrió y recuperó la antigua receta familiar una década antes. De repente, el problema de los ratones desapareció. Su pastel tenía un factor redentor, era letal para las pobres criaturas.

Me parecía mal en muchos sentidos servirla a nuestros desprevenidos huéspedes.

Aquel año era un poco diferente. Mamá no había hecho el pastel con anticipación como solía hacerlo. Lo había hecho esa misma mañana, demasiado tarde para evitar que volviera el problema de los ratones. Nuestra mansión familiar era vieja y con muchos agujeros para que los bichos entraran y escaparan del clima frío.

Arrugué la nariz y entré sin que mamá y la tía Pearl se dieran cuenta. Acababa de abrir la nevera para coger una Budweiser para Dominic cuando sentí algo rozándome el hombro. Vi un destello rojo por el rabillo del ojo y exclamé:

—¿Qué diablos…?

La tía Pearl dejó caer el cuchillo sobre la encimera y tropezó.

—¡Maldita sea, Cen! ¡Me has asustado! ¿Qué pasa contigo? ¿Nunca habías visto a Santa?

—¿Santa?

Me di media vuelta y miré a aquel hombre alto y delgado con traje de Santa Claus en medio de nuestra cocina. ¿Era el mismo Santa del trineo de la bola de nieve? Si era así, solo era otro de los trucos de la tía Pearl. De algún modo, había logrado estropear mis recuerdos de la infancia. Este Santa era espeluznante y con pinta de acosador. Menos mal que no teníamos niños porque los traumatizaríamos de por vida.

Clavé la mirada en los ojos azules de Santa y los reconocí. No era ninguna aparición. Era Earl, el admirador no tan secreto de la tía Pearl. Al principio no lo había reconocido con el disfraz, pero era comprensible. Era un granjero jubilado al que nadie esperaba ver vestido de Santa Claus.

Por alguna extraña razón, al simpático de Earl le gustaba la irritante tía Pearl. Su carácter tranquilo era el polo opuesto de mi malhumorada e intrigante tía. Parecía dispuesto a hacer todo lo posible por hacerla feliz, lo que probablemente explicaba su disfraz de Santa Claus. Eso también me hacía feliz. Me gustaba mucho Earl, sobre todo el efecto calmante que tenía sobre la tía Pearl.

Mamá rio.

—Has pasado justo por el lado de Earl, Cen. Pero estabas tan perdida en tus pensamientos que ni lo has visto.

Los ojos de Santa brillaron con alegría.

—Este traje es muy llamativo, Cen. Es difícil no verlo.

Definitivamente estaba preocupada, preguntándome si Tyler estaría bien.

—Lo siento, Earl. No esperaba verte. —Y menos así vestido—. La tía Pearl dijo que no ibas a venir...

—No dije nada de eso —espetó la tía Pearl—. ¿Por qué no le enseñas a Earl el comedor?

Cuando estuvimos lo suficientemente lejos, Earl me confesó:

—Todo esto de Santa ha sido idea de Pearl. A decir verdad, me siento un poco tonto en este atuendo. Pero si hace a Pearl feliz, vale la pena.

Amén a eso.

Normalmente, no me hubiera sorprendido ver a Earl. Vivía cerca y no tenía ningún lugar al que durante las fiestas. Ya había cenado con nosotros en Acción de Gracias. Pero la tía Pearl nos había dicho que Earl tenía una novia nueva y que no iba a venir.

Otra mentira por el simple gusto de decirla. Nunca sabía si creer o no a la tía Pearl.

—Vamos a sentarnos en el comedor.

Le hice señas a Earl para que me siguiera y cogí una botella de Hora de las Brujas tinto, un merlot vintage de nuestro pequeño viñedo. Cuando entramos al comedor, nadie mencionó nada sobre el disfraz de Santa Claus, lo que lo hizo aún más incómodo. Obviamente, no tenían palabras.

Earl se sentó a una esquina de la mesa. Había elegido estratégicamente su asiento porque estaba a la izquierda de donde solía sentarse la tía Pearl. Su bastón descansaba contra el respaldo de la silla a pesar de que ella estaba en la cocina. El bastón era en realidad su varita, por supuesto.

Era difícil saber si Earl de verdad ignoraba los poderes de la tía Pearl o se hacía el ciego. Fuera cual fuera la razón, nunca cuestionaba como se movía sin su bastón ni se daba cuenta de sus travesuras mágicas. Supongo que el amor es ciego.

Mi estómago rugió cuando vi el pastel. Dejé el vino en la mesa y le di a Dominic la Budweiser.

—Me impresiona que hayas venido desde Vanuatu para sorprender a Merlinda.

—Sí, bueno… —Giró la tapa del botellín y bebió un buen trago. Dejó la cerveza en la mesa dando un golpe, se recostó en su silla y cogió la mano de Merlinda—. Ella lo vale.

Miré hacia fuera y vi que la barandilla había desaparecido bajo un montón de nieve. De algún modo, Dominic se las había arreglado para atravesar las carreteras cerradas y la mayor ventisca de nieve del siglo. Y eso después de dejar un paraíso tropical solo para sorprender a su novia a miles de kilómetros y medio océano de distancia para cenar. Ningún hombre había hecho nunca nada parecido por mí.

No es que quisiera que Tyler abandonara a los motoristas varados, por supuesto. Como sheriff no podía coger e irse solo porque era la hora de cenar. Aunque en parte lo deseaba. También pensé que todos los que estaban fuera por haber conducido eran unos desconsiderados. Si no hubieran salido en medio de la tormenta, Tyler no estaría atrapado rescatándolos. Puede que fuera egoísta, ¿pero tan malo era querer a mi novio a mi lado en Nochebuena?

—¿Has cambiado el sol y la arena por este tiempo? Debe haber sido duro —comentó la tía Amber.

—Para nada. —Dominic pasó un brazo por encima de Merlinda y la cogió tan fuerte del hombro que su silla se inclinó sobre dos patas —. No podía estar tan lejos de ella.

Merlinda puso una mano en la mesa para estabilizarse.

—¿Quién se encarga de la tienda de artículos de buceo? Te has ido en temporada alta.

—¿Tienes una tienda de artículos de buceo?

Dominic no me parecía del tipo que practica deportes de agua. Su cuerpo musculado se hundiría como un ancla. O tal vez simplemente usara a otra persona como ancla. Su tienda de artículos de buceo probablemente fuera una tapadera para el tráfico de drogas o algún otro negocio igual de turbio. Había algo extraño en él, pero no lograba identificarlo.

—No es mía, solo trabajo allí. —Dominic se volvió hacia Merlinda —. Toda va bien, he conseguido a alguien que se encarga de todo mientras yo estoy fuera. Te echaba mucho de menos, nena. Solo quería pasar las fiestas contigo.

Dominic abrió la mano de Merlinda y cogió el muérdago. Lo puso en la mesa de café entre sus bebidas.

—No necesitas amuletos de la suerte. Estoy aquí para protegerte, ahora y siempre.

La expresión de Merlinda se ensombreció, dio un sorbo al vino dejó la copa en la mesa con tanta fuerza que se derramó. Gotitas rojas mancharon el mantel blanco.

—Se suponía que tenías que vigilarlo todo. Creía que habíamos acordado...

Dominic le puso un dedo sobre los labios.

—Calla, nena. No hace falta que mantengamos el secreto frente a ellas.

—¿Qué secreto? —preguntó mamá saliendo de la cocina con un plato humeante de puré de patatas. Dejó el plato sobre la mesa del comedor y se limpió las manos en el delantal.

—Hay problemas en Vanuatu. La cabeza de Merlinda tiene un precio —dijo Dominic.

Mamá jadeó.

—Merlinda, ¡no nos habías dicho que estabas en peligro! ¿Quién diablos quiere hacerte daño?

Merlinda se encogió de hombros.

—Dominic exagera. No es para tanto.

Dominic negó con la cabeza.

—No, no estás a salvo en Vanuatu. Ni siquiera aquí. Por eso he venido para protegerte.

—¿Proteger a Merlinda de qué? —preguntó mamá—. Westwick Corners es el lugar más seguro.

—Sus enemigos están empeñados en llegar hasta ella. Quieren aprovechar sus poderes para John Frum y el culto cargo —explicó Dominic.

—¿Quién es John Frum? —preguntó la tía Amber.

Merlinda le quitó importancia con un gesto de mano.

—No es una persona real.

—Sea cual sea la razón, nadie va a venir aquí pronto —dijo Earl—. La ventisca va a durar bastante.

Merlinda fulminó a Earl con la mirada.

—No eres ningún experto en meteorología.

Earl pareció ignorar el ataque de odio de Merlinda.

—Te podría haber dicho lo de la tormenta hace semanas. Si me hubieras preguntado, te habría sugerido que cogieras un vuelo que saliera antes. El almanaque de la granja predecía mucho frío y nieve para este invierno.

—Bueno, pero no te pregunté. —Merlinda puso los ojos en blanco—. ¿De verdad crees en el almanaque de la granja?

Earl arqueó una ceja.

—Por supuesto que creo en él. Ha acertado la mayor parte de los últimos cincuenta años, puede que más.

—Earl lleva mucho tiempo dedicándose a la agricultura y la ganadería —dije.

La grosería de Merlinda era inexcusable, pero tenía que admitir que sentía una pizca de satisfacción al ver una grieta en la fachada perfecta de Merlinda. Earl solo intentaba ayudar y ella casi le arranca la cabeza.

—¿Por qué va esa gente detrás de ti, cariño? —preguntó la tía Amber frunciendo el ceño—. ¿Quién es el tal John Frum? ¿Y qué narices es un culto cargo? ¿Es para la gente que ama el equipaje de diseño? ¿O tiene que ver con los viajes por el océano?

Una leve sonrisa cruzó los labios de Merlinda mientras negaba lentamente con la cabeza.

—Ojalá fuera tan simple.

La tía Pearl estaba justo detrás de Merlinda, aunque no la había visto entrar al comedor. Puso el bote de salsa sobre la mesa atentamente delante de Merlinda, como la ofrenda a una diosa.

—Merlinda no necesita tu ayuda, Dominic —espetó la tía Pearl—. Es perfectamente capaz de cuidarse de sí misma.

—Pearl… —La voz calmada de Earl tuvo efecto y todo el mundo permaneció en silencio durante un instante.

Dominic contuvo el aliento y frunció el ceño.

—¿No les has dicho nada, nena?

—¿Decirnos qué? —Mamá se había perdido parte de la conversación durante otro viaje a la cocina. Esta vez había traído una cesta de panecillos recién horneados—. Espero que tengáis hambre, podéis seguir charlando durante la cena.

—Pero Tyler no ha llegado todavía. —Miré hacia la ventana, consternada porque todavía no hubiera señales de su Jeep. El Escalade de Dominic ya estaba cubierto por unos centímetros de nieve fresca y la entrada estaba taponada—. ¿No podemos esperar unos minutitos más?

—Probablemente no venga, Cen. —La tía Pearl me miró con picardía—. Seguro que ha recibido una mejor oferta.

Abrí la boca para responder pero me callé. A la tía Pearl le gustaba provocarme, pero no iba a morder el anzuelo.

Mamá negó con la cabeza.

—He esperado todo lo posible, cariño. Supongo que Tyler sigue atrapado allí. Le calentaré un plato cuando llegue.

—Vale —suspiré sintiendo pena por mí misma.

Decidí que daba igual. Con Dominic y Merlinda aquí, tampoco iba a ser la Nochebuena especial en familia que había esperado.

CAPÍTULO 5

iré el asiento vacío a mi lado y escuché a medias la conversación. Mamá y la tía Pearl trajeron más platos humeantes antes de ocupar sus asientos.

La mesa estaba repleta de cuencos de verduras, relleno, salsa de arándanos y, por supuesto, pavo. La veintena de platos era más que suficiente para alimentar un aquelarre de brujas hambrientas y algunas más.

Pero yo había perdido el apetito preocupada porque algo le hubiera pasado a Tyler. Volví a llamar a su teléfono pero no me respondió. Mamá me miró y me sonrió con simpatía.

Le devolví la sonrisa esperando que mi decepción no fuera tan evidente ante los demás. Me serví un panecillo caliente y le pasé la cesta a la tía Pearl. Si tenía que divertirme, puede que lo hiciera.

Miré alrededor de la mesa y me percaté de que el traje pantalón de terciopelo verde de la tía Pearl y el traje de *velour* rojo de Santa de Earl combinaban de una extraña manera. La tía Pearl, con su cabello gris y su traje festivo verde parecía una anciana y anoréxica señora Claus. El disfraz rojo de Earl le venía ancho y colgaba por su cuerpo dando un aire hippie de viejo Santa.

La tía Amber se sirvió una generosa ración de zanahorias confitadas y le pasó el cuenco a mamá que estaba a su izquierda.

—Quiero la primicia del culto cargo. ¿Puede unirse cualquiera?

—No hay membresía formal ni nada. No es ese tipo de culto —explicó Merlinda—. John Frum es prácticamente una leyenda. Incluso si fuera una persona real, la mayoría de las historias sobre él son inventadas. Pero en Vanuatu, la gente cree sinceramente que tiene el poder de otorgar riquezas a los verdaderos creyentes.

—¿Creyentes en qué?

Escuchaba a medias mientras miraba por la ventana esperando cualquier señal de Tyler.

—Es casi un mito que evolucionó con los años. Se embellecieron algunos eventos reales porque la gente quería creer que podía recuperarlo todo. —Merlinda miró a Dominic—. La marina estadounidense y otras flotas se detuvieron en Vanuatu durante la Segunda Guerra Mundial. Tenían todo tipo de aparatos de los cuales los lugareños ignoraban la existencia, como radios, relojes y otros artilugios. Y comida y bebida increíble como Spam o Coca-Cola.

—Yo no diría que el Spam es increíble —dijo Earl mirando a Merlinda—. Tendrías que probar mi pollo campero…

—Vendiste la granja, Earl, ¿recuerdas? —espetó la tía Amber y se volvió hacia Dominic—. Supongo que no tenían en ese tipo de cosas en Vanuatu en aquella época. Son ilusiones inofensivas.

—Como la Navidad o Santa Claus —añadió la tía Pearl—. La historia tiene parte de realidad y parte de fantasía.

—Hace años no se podían pedir cosas por internet —dijo Dominic—. Y menos en Vanuatu. Es un archipiélago remoto en medio de la nada. Solo palmeras y arena.

Merlinda asintió.

—Los isleños pensaron que los extranjeros podían conjurar todo tipo de lujos y comodidades. Nadie en Vanuatu había visto antes esas cosas. Es decir, hasta los años treinta y cuarenta, cuando la marina estadounidense usó las islas en la Segunda Guerra Mundial. Cuando los militares se marcharon unos años más tarde, la gente esperaba que el personal naval estadounidense volviera.

—Y trajera de vuelta todos los bienes y los buenos momentos —continuó Dominic—. Pero no lo hicieron.

—La gente llama «magia» a las cosas que no entiende.

Esperaba que la conversación fuera suficiente para distraer a la tía Pearl de lo que tramara. Merlinda asintió.

—Es difícil llegar a Vanuatu incluso hoy en día, y poca gente nos visita. Es muy caro enviar cosas hasta allí. Todavía hay muchas cosas que allí no están disponibles y se pueden comprar fácilmente en otro lugar. Ya podéis imaginar cómo de loca se volvió la gente cuando llegaron unos desconocidos con todo tipo de modernidades que nunca habían visto. Cargo, en otras palabras. Los lugareños creían que esos productos era cosa de magia porque no podían explicarlo de otro modo. Por eso lo llaman culto cargo.

—¿Pero no había nadie más en los barcos además de John Frum? ¿Por qué adorar a un hombre? —pregunté.

Merlinda se encogió de hombros.

—John Frum solo era una combinación de todos los hombres que visitaron las islas en aquella época. Cuando todos se marcharon después de la Segunda Guerra Mundial, los lugareños canalizaron sus energías hacia lo que pensaban que traería las naves de regreso. Fue un deseo colectivo que se hizo más grande con los años.

—Un puñado de locos —dijo Earl—. En vez de imaginar podrían haber cultivado su propia comida. ¿No se pararon a pensarlo?

—No puedes cultivar Coca-Cola ni Spam. Y de todos modos, ¿usted qué sabe? —le dijo Merlinda frunciendo el ceño—. Nunca ha estado allí. Probablemente ni siquiera haya salido del estado de Washington.

Earl resopló.

—No hace falta haber viajado por el mundo para reconocer el pensamiento mágico cuando lo veo.

Pearl arrugó la frente.

—Earl, creo que lo que Merlinda está tratando de decir es que...

—¡Merlinda! ¿Qué mosca te ha picado? —Dominic negó con la cabeza—. El pobre Earl solo ha hecho una pregunta.

—No, está discutiendo conmigo como hace siempre. —Se volvió

hacia Earl—. Acéptelo, Earl. A Pearl no le gusta y quiere que deje de acosarla.

—Nunca he dicho eso, Merlinda.

El rostro de la tía Pearl se volvió de un rojo intenso y hacía que el color de su piel contrastara con su traje verde. El ambiente navideño de un rato antes se había evaporado.

Earl rio.

—Claro que no, Pearl. Es decir, prácticamente me has rogado que viniera a cenar.

Me pareció algo exagerado, pero, por otro lado, la tía Pearl había invitado a otra gente, así que lo que decía Earl podía tener algo de verdad. Nunca había invitado antes a nadie a nuestra casa. Sin embargo, allí estábamos, con una cena de Nochebuena con invitados inusuales. Definitivamente, tramaba algo.

Mamá volvió al tema de Vanuatu.

—¿Qué tiene que ver este culto cargo con Merlinda?

—Merlinda tiene poderes especiales —dijo Dominic—. Hace aparecer cosas de la nada.

Así que, después de todo, Dominic sabía que Merlinda era bruja. Era obvio, ya que estudiaba en la Escuela de Encanto Pearl. Probablemente ya se habría dado cuenta de que nosotras también éramos brujas.

Miré a Earl. Si sabía algo de nuestros poderes, no lo había dicho nunca. Pero, ya que estaba constantemente cerca de la tía Pearl, ¿cómo podría no saberlo?

—No sé cómo conjura las cosas Merlinda, solo sé que lo hace. Es bastante impresionante. Por cierto, casi lo olvido. —Dominic se metió la mano en el bolsillo y sacó un pequeño paquete de hierbas secas—. Tu medicina.

—¡Gracias a dios! La necesitaba.

Merlinda abrió el paquete y vació su contenido sobre el puré de patatas. Mezcló el polvo verde con las patatas con el tenedor.

—¿Qué es eso? —preguntó Earl señalando el plato con el brazo extendido y pasándolo sobre el plato de Earl—. Parece marihuana.

Dominic le apartó el brazo.

—Eh, saque el brazo de mi comida. ¿Alguna vez ha visto la maría, viejo? No es para nada así.

Merlinda los ignoró. Tragó una cucharada de puré de patatas y continuó con su historia.

—Lo que hago tampoco es tan impresionante, la verdad. Pearl me enseñó que si deseas algo con la suficiente fuerza tienes que concentrar todo el poder de la mente y tu deseo se hace realidad. Es básicamente lo que hago.

—¿Has oído eso, Cen?

La tía Pearl me señaló con el tenedor.

Fruncí el ceño.

La tía Pearl finalmente había conseguido la protegida que siempre había querido. Y probablemente también una confidente. Si el desprecio de Merlinda era intencional o no, me lo tomé de ese modo, como una referencia a la brujería y a que si yo era una bruja pésima era porque no me aplicaba.

Pero no había razones para ello. Siempre había sentido que mis poderes me daban una ventaja injusta, ya que la mayoría de la gente no podía lanzar hechizos. Me parecía que era hacer trampa. Al mismo tiempo, también me parecía incorrecto desperdiciar mis talentos naturales. Si yo no tenía fe en mí misma, ¿quién la tendría?

Podría haber usado la magia para ayudar a Tyler a acabar su jornada. Bueno, si hubiera aprendido el hechizo necesario en primer lugar. Puede que no fuera demasiado tarde. Visualicé a Tyler en la carretera, inclinado contra el viento agarrando la manija de su Jeep. Y luego a salvo en su interior, encendiendo el motor.

—¿Cen?

La voz de la tía Pearl cortó mi visión.

—¿Eh?

—¿Te imaginas la motivación que tendrías si vivieras en Vanuatu? —dijo la tía Pearl—. Lo único que tendrías que hacer en todo el día sería practicar.

Interrumpí el intento de la tía Pearl de cambiar de tema. Me preocupaba que expusiera nuestros poderes.

—Vanuatu me parece un paraíso.

—Tiene sus pros y sus contras. No hay mucho que hacer aparte de inventar historias —dijo Dominic—. Y beber y surfear.

—Y puede que practicar algo de brujería.

La tía Pearl pestañeó con aire inocente. La tía Amber jadeó con el tenedor en el aire.

—¡Pearl! —mamá regañó a su hermana.

—Solo estaba charlando —contestó la tía Pearl—. ¿Qué hay de malo en ello?

Me fijé por primera vez en las pestañas postizas de la tía Pearl. También llevaba una sombra de ojos del color exacto de su traje de terciopelo verde. Nunca se maquillaba los ojos.

La única vez que le importaba su aspecto era cuando se transformaba en Carolyn Conroe, su alter ego inspirado en Marilyn Monroe. Y siempre era con la intención de engañar a la gente. En ese momento caí en que hacía meses que no se había transformado. Parecía contenta, incluso feliz en su propia piel.

Tenía que ser el efecto Earl. La tía Pearl no le habría invitado y alentado sus atenciones si no hubiera sentido lo mismo que él. Puede que por eso Merlinda le tuviera tanta manía. Earl competía con Merlinda por la atención de la tía Pearl. Un extraño triángulo amoroso que no tenía nada de romántico.

La tía Pearl dejó caer de repente el puré de patatas. Pero el plato no cayó sobre la mesa, sino que flotó hacia mí y se alejó a la deriva.

Teníamos un acuerdo permanente de no practicar magia ni de hablar de ella delante de la gente común. No obstante, la tía Pearl había alardeado a propósito aquella noche, como si nos retara a decir algo.

Pues bien, no iba a darle la satisfacción de caer en su trampa. En cambio, me incliné hacia adelante y cogí el plato. Lo empujé hacia la mesa con más fuerza de la necesaria. Pero había platos cubriendo toda la mesa, así que en vez de aterrizar en un sitio libre, golpeó el lado de la salsera derramándola. La salsa se escampó sobre el mantel de lino blanco de mamá.

—¡No! Voy a por un trapo.

La tía Amber se levantó disparada de su asiento y se metió en la cocina. Regresó unos instantes después y limpió el desastre.

—Cuéntanos más sobre el culto cargo.

—Se lo toman realmente en serio en Vanuatu —añadió Dominic—. Se celebra anualmente el día de John Frum. Los lugareños se visten como militares, con uniformes totalmente improvisados de la marina estadounidense y llevan armas falsas talladas en madera. La mayoría de la gente simplemente disfruta de la celebración, pero muchos creen secretamente que, si realizan los rituales de manera consistente, John Frum volverá y les otorgará riquezas.

Merlinda levantó el tenedor para dar énfasis a sus palabras.

—La gente de Vanuatu todavía cree, o medio cree, en lo supernatural. Pero ahora los creyentes son minoría. Es un gran problema porque hay algunos lugareños que claman ser líderes y tener una conexión espiritual con John Frum. Para ellos el mito es lucrativo, de ese modo asustan a la gente para que les siga. Se aferran al poder mintiendo y sostienen que, cuando John Frum vuelva por fin a Vanuatu, solo los verdaderos creyentes serán recompensados.

—¿Cómo los mesías religiosos?

La conversación durante la cena resultó más interesante de lo que esperaba.

Dominic rio.

—No llega a ser una religión. Es más como Santa Claus que trae regalos a los niños, solo que el día de John Frum es el quince de febrero.

—¡Qué divertido! San Valentín y después el día de John Frum. ¡Dos festivos seguidos!

La tía Amber vació de un trago su copa de vino y la dejó sobre la mesa.

Merlinda frunció el ceño pero permaneció en silencio mientras se comía el puré de su plato.

—¿Qué tiene que ver todo esto contigo, Dominic? —pregunté sirviéndome una generosa ración de salsa de arándanos en mi plato ya lleno.

—No tiene nada que ver conmigo, pero Merlinda es una amenaza para ellos. Saben que es una bruja. Si no coopera, se desharán de ella para que deje de suponer una amenaza.

Así que Dominic sí que estaba al tanto de los poderes de Merlinda. Las brujas solo confiaban sus secretos a sus amigos y familiares más cercanos, por lo que su relación debía ser bastante seria.

—¿Cooperar de qué modo? —preguntó mamá.

Dominic suspiró.

—Un par de líderes locales le ofrecieron una gran cantidad de dinero para que conjurara nuevos camiones y ordenadores.

—Eso va totalmente en contra de las normas de la AIAB.

A diferencia de la tía Pearl, la tía Amber lo hacía todo según las normas, excepto cuando la invadía el espíritu festivo.

—Espero que no hayas aceptado esa oferta.

—Claro que no, Amber. Conozco las reglas.

Merlinda pareció ofenderse con la insinuación de Amber.

El rostro de Earl permaneció inexpresivo. Si estaba desconcertado por la mención a la AIAB no lo dijo. Evidentemente tenía alguna idea de nuestra brujería, pero nunca hacía preguntas. Puede que no le importara. O puedo que ya lo supiera todo.

CAPÍTULO 6

—Cuéntanos más cosas de John Frum —dijo la tía Pearl.

Merlinda asintió.

—Los mitos son tan antiguos que no sé mucho más de lo que ya he dicho. El culto lleva años en decadencia.

—Ese es otro motivo para querer la ayuda de Merlinda, para resucitar el mito con un nuevo avistamiento de John Frum —continuó explicando Dominic—. Si hace a todos felices los políticos serán reelegidos. Pero tenemos que ser nosotros los responsables. Si Merlinda mantiene el mito, también podremos ganar cantidades de dinero.

—¿Qué quieres decir con «nosotros»? —pregunté—. ¿Vais a fingir el regreso de John Frum?

Cada vez me caía peor Dominic.

—No, solo le daremos a la gente lo que quiere. De todos modos, alguien va a hacerlo, así que mejor si somos nosotros.

—Pero Merlinda es una chica —protestó la tía Amber—. No puede hacerse pasar por un hombre.

—Ahí es donde entro yo —dijo Dominic—. Iré disfrazado y me haré pasar por Frum. Repartiré camiones y televisores mientras Merlinda los conjura desde su escondite. Los venderemos por debajo del valor de mercado y haremos una fortuna.

—Y así tú te llevas todo el mérito mientras Merlinda hace todo el trabajo —respondió la tía Amber.

Merlinda se encogió de hombros.

—Eso no me importa Amber, prefiero no llamar la atención.

—Sin embargo, sí que sacarás provecho. Has dicho que no ibas a malgastar tus poderes con los líderes isleños. No veo por qué hacer lo mismo con Dominic es diferente.

Abandoné toda pretensión de ocultar el secreto de la brujería. Todas los estaban reconociendo, así que era imposible que yo lo empeorara.

—No voy a malgastar nada. Solo voy a hacer lo mío. No hay nada malo en cumplir los deseos de la gente, ¿verdad? Si Dominic quiere capitalizarlo, no voy a impedírselo. De eso no me encargaré yo, así que no voy a romper ninguna norma de la AIAB. La gente puede sacar sus propias conclusiones sobre John Frum.

—Eso son tecnicismos.

Nadie pareció escucharme.

—Pero si cumplir los deseos de la gente es lo que hace que la gente te persiga, ¿por qué seguir haciéndolo? ¿No los alienta a perseguirte más? Ninguna cantidad de dinero compensa el temor por su seguridad.

Lo que parecía una pregunta inocente de la tía Amber era su modo de conseguir detalles, encontrar una infracción que le permitiera cancelar el plan. Merlinda ya no parecía tan maravillosa. O puede que Dominic le hubiera lavado el cerebro.

—Hay que ganarse la vida de algún modo —se excusó Dominic—. No hay muchos trabajos en Vanuatu. La tienda de artículos de buceo apenas saca para mantenerse. Podría perder el empleo en cualquier momento.

Tampoco había muchos trabajos en Westwick Corners. No obstante, no íbamos por ahí conjurando bienes de consumo. Ni siquiera la tía Pearl se arriesgaba hasta ese punto.

—¿No os estáis enriqueciendo a costa de esa pobre gente y sus fantasías? —pregunté—. Creen en algo que nunca va a pasar.

—Para nada —dijo Dominic—. Estamos haciendo realidad sus

sueños. Los entretenemos dándoles lo que quieren. Y si me hago pasar por John Frum le quito mucha presión a Merlinda.

—Qué considerado por tu parte —espetó la tía Pearl.

Estaba celosa de Dominic. Había robado el foco de atención, al menos ante sus ojos.

—Les damos a los líderes locales lo que quieren y todo el mundo sale ganando. —Acarició la mano de Merlinda—. Uno de ellos está luchando por mantener el control sobre el poder. Tampoco quiere ser eclipsado por una mujer. Creo que hemos encontrado la solución perfecta.

Y Pearl resopló.

—¿Merlinda hace todo el trabajo y los hombres se llevan el mérito? No lo creo.

Dominic puso los ojos en blanco.

—Según las historias, John Frum tiene que ser un hombre. ¿A quién le importa el mérito si nos hacemos ricos? La gente puede obtener camiones, televisiones o lo que quieran por un precio muy barato. Todos felices. La gente hace un buen trato, Merlinda y yo hacemos algo de dinero y los líderes isleños se llevan el mérito del regreso de John Frum. Y pueden seguir aferrándose al poder.

Merlinda permaneció en silencio, contenta de dejar que Dominic hablara.

—Así es como funciona, al menos en la teoría. Los líderes dependen de Merlinda para mantener el poder. Necesitan que produzca bienes de lujo para hacer a todos felices. Pero Merlinda no es solo una gran oportunidad para ellos. —Dominic suspiró—. También es una amenaza. Los líderes perderán su ventaja competitiva si pierden el control de los poderes de Merlinda ante un rival. No pueden asumir la continua lealtad de Merlinda. Planean secuestrarla para asegurarse un suministro ininterrumpido y el monopolio en el culto cargo.

—Los líderes no pueden forzar a Merlinda a trabajar contra su voluntad. ¿No hay derechos laborales en Vanuatu? —La tía Amber se volvió hacia Merlinda—. No puedes volver allí, cariño. Tienes que quedarte aquí por tu propia seguridad.

Merlinda asintió pero no dijo nada. Para ser una bruja tan poderosa, Merlinda parecía indefensa. Parecía contenta con dejar que Dominic ganara dinero a su costa y que los líderes usaran su magia. Incluso la tía Pearl quería mantenerla en su Escuela de Encanto Pearl para siempre. Aunque Merlinda tenía el poder de detenerlo si realmente quería.

—Merlinda tiene muchos problemas —dijo Dominic—. La rivalidad entre los líderes es tan grande que cualquiera de ellos mataría a Merlinda para impedir que otro se aprovechara de sus poderes. Ahí es donde entro yo. Mantengo a Merlinda a salvo y a ellos contentos al mismo tiempo.

—Suena peligroso. —Mamá jadeó y se llevó una mano al pecho—. ¿Por qué tenéis que volver? Podríais encontrar trabajo en otro sitio.

La tía Pearl se rascó la barbilla.

—Puedes enfrentarte a esos matones. Ganarles en su propio terreno.

Lancé una mirada de advertencia a la tía Pearl. Siempre estaba preparada para causar problemas.

La tía Amber suspiró.

—Al menos aquí estáis a salvo. Aunque entiendo por qué queréis volver. El hogar es el hogar y vuestros amigos y familiares están allí. Hablando de familia, ¿alguien más de la tuya tiene talentos especiales?

Merlinda se encogió de hombros.

—Soy hija única, la única en la familia con poderes. Mi madre tenía, pero ya no está entre nosotros.

—¿Y la policía no puede protegerte de esos hombres? —pregunté.

—Ojalá —me respondió negando con la cabeza.

—Uno de los líderes es el jefe de policía. El otro es el alcalde, así que no me ayuda en nada. Los dos perpetúan la leyenda de John Frum. Si no les ayudo, corren el riesgo de que les exponga. Puedo probar que el culto es una farsa.

Mamá suspiró.

—Pobrecilla. ¿No hay nadie más en Vanuatu que te pueda ayudar?

—La verdad es que no —dijo Merlinda—. Resulta que el jefe de policía es mi padre.

CAPÍTULO 7

Todavía estábamos discutiendo sobre el dilema del culto cargo de Merlinda cuando sonó el timbre.

El corazón me dio un brinco. ¡Por fin había llegado Tyler!

Corrí hacia la puerta principal y la abrí. Me invadió una oleada de alivio cuando vi los cálidos ojos marrones de Tyler. Su cazadora de esquí estaba mojada y abierta, revelando debajo el uniforme de sheriff. Los pantalones caqui estaban empapados hasta las rodillas por la nieve y parecía agotado.

Y terriblemente sexy, aún empapado.

Cuando lo acerqué a mí y lo besé la sombra de su barba e hizo cosquillas.

—Estaba tan preocupada por ti. He intentado y llamarte y... menos mal que has podido venir.

Él sonrió.

—Lo siento, me quedé sin batería. Creía que nunca llegaría. Llevo todo el día pensando en la cena. ¿Pearl se ha comportado hasta ahora?

Asentí.

—Está preocupada. Merlinda no ha podido coger el vuelo y tenemos un invitado inesperado.

Cogí su abrigo y lo colgué en el perchero. Esperaba que con todas las distracciones y el ambiente navideño la tía Pearl no se burlara de Tyler como solía hacerlo.

Tyler señaló hacia afuera con la cabeza.

—Eso explica el Escalade. ¿Alguien conocido?

—No. El novio de Merlinda, Dominic, ha venido conduciendo desde Shady Creek después de volar desde Vanuatu para hacer una visita inesperada. La tía Pearl lo había invitado para sorprender a Merlinda, pero tampoco nos lo había dicho a nosotras. Aunque lo más extraño es que se suponía que Merlinda no iba a estar aquí. Su vuelo fue cancelado a última hora por la tormenta.

—Vanuatu está en el Pacífico Sur, ¿verdad?

Asentí

—Dominic es… un tipo corriente.

Tyler sabía que éramos brujas. Tenía que saber que Merlinda también lo era, ya que asistía a la Escuela de Encanto Pearl. Como la mayoría de los lugareños, Tyler no interactuaba mucho con Merlinda porque era muy reservada y rara vez visitaba el pueblo.

Tyler se rio entre dientes.

—¿De verdad Pearl lo ha invitado? ¿Desde cuándo Pearl organiza fiestas?

—Desde ahora. —Lo cogí del brazo y lo atraje hacia mí para darle otro beso—. Tendrás que verlo para creerlo. Ah, y también está Earl.

Tyler sonrió ampliamente.

—Bien, otro chico normal para no sentirme tan marginado.

Me sobresalté cuando escuché la voz de una mujer detrás de mí.

—¡Guau! Este tío bueno acaba de mejorar mucho mi noche.

Y silbó.

Me había olvidado por completo del fantasma de la abuela Vi. Siempre me había molestado que le gustara Tyler tanto como a mí.

Tyler notó que me encogía.

—¿Por qué estás tan nerviosa?

Me solté del abrazo de Tyler y me encogí de hombros. Él no podía ver ni oír a la abuela Vi, y explicarle que mi abuela era un fantasma provocaría más preguntas que respuestas. Sabía que éramos brujas pero no tenía ni idea de que la matriarca de nuestra familia había permanecido entre nosotras como fantasma mucho después de su fallecimiento. Odiaba ocultarle secretos. Por otra parte, su tonto flirteo cada vez que él estaba cerca era inquietante cuanto menos.

—Estaba tan preocupada pensando en ti en medio de la ventisca —dije—. Y entonces ha llegado Dominic. Para ser sincera, el novio de Merlinda me da miedo. Supongo que por eso estoy un poco nerviosa.

La abuela flotaba por encima de nosotros.

—Tyler puede protegernos de ese matón. Todavía no puedo creer que hayas dejado entrar a ese rufián.

—No tenía otra… —me callé a mitad frase.

—¿Qué? —preguntó Tyler frunciendo el ceño.

—La tía Pearl trama algo. No ha invitado a Dominic por la bondad de su corazón. Planea algo, pero no sé qué.

Solo esperaba que las cosas no se salieran de madre.

Tyler parecía divertido.

—No puedo esperar para ver qué tiene Pearl bajo la manga. Podía buscarse otra víctima para variar.

La tía Pearl despreciaba a Tyler. Había intensificado sus actos pirómanos desde que él se convirtió en sheriff. Sus intentos de echarlo del pueblo nunca funcionaban. Siempre la obligaba a pagar por sus travesuras con cuantiosas multas y, a veces, vergüenza pública. Nadie la mantenía bajo control como él y se sentía ofendida por el poder que tenía sobre ella.

—Tú eres la víctima, hijo.

La abuela flotaba detrás de Tyler. Observaba su espalda con aprobación.

—Si fuera más joven yo misma iría a por ti.

—¡Para! —articulé en silencio mirando a la abuela Vi.

—¿Que pare de qué? No estoy haciendo nada. —Tyler frunció el ceño—. ¿Por qué te comportas de una manera tan extraña?

—Lo siento, ha sido un día muy largo.

Aunque ya hubiera llegado Tyler, no iba a ser la Nochebuena perfecta que había imaginado. Me sentía aliviada por su llegada, pero no quería que nuestro tiempo juntos estuviera lleno de distracciones, entreteniendo a los invitados o cualquier otra cosa.

La abuela Vi frunció los labios y me lanzó un beso, burlándose de mí de un modo en que solo los fantasmas pueden.

La ignoré, distraída por el aullido del viento que entraba a través del umbral. Me había emocionado tanto al ver a Tyler que había olvidado cerrar la puerta. La cerré de golpe.

—Olvídate de la tía Pearl. Me alegro de que por fin estés aquí.

Me pasó los brazos por la cintura y me besó lenta y largamente.

—Llevo todo el día esperando esto.

—Bravo —dijo la abuela Vi flotando sobre nosotros y aplaudiendo.

Al menos la llegada de Tyler había sacado a la abuela Vi de su depresión. Siempre se volvía melancólica en Navidad. Las fiestas le recordaban a los días pasados en los que teníamos mucho más dinero.

Trabajar en el hostal no era necesariamente algo malo. Nos mantenía ocupadas y lejos de los problemas la mayor parte del tiempo. Conocíamos a gente nueva y ayudábamos a desarrollar la economía del pueblo. Los ingresos nos permitían una existencia cómoda sin tener que trabajar en ciudades más grandes como muchos de nuestros vecinos. Teníamos lo mejor de ambos mundos.

Pero los fantasmas no necesitaban dinero y la abuela Vi quería recuperar su casa. Y la única semana que cerrábamos el hostal por las vacaciones la casa había sido invadida por extraños. Dominic ni siquiera era un huésped de pago.

Al menos por aquella noche, compartía los sentimientos de la abuela Vi. Era Nochebuena después de todo. Por suerte la presencia de Tyler era una consolación para ella. Lo adoraba aunque él no supiera de su existencia.

El rostro de la abuela Vi se iluminó como si me leyera la mente. De hecho lo hacía. Leer las mentes era uno de sus talentos especiales.

Su sonrisa era contagiosa. Antes de que pudiera detenerme, también estaba sonriendo.

—¿Qué te parece tan divertido? —Tyler me siguió con la mirada—. ¿Demasiada chispa navideña tan pronto?

La abuela Vi movió el dedo.

—¡Oh! Alguien tiene un secreto. ¿Sabe Ruby lo fogosos que sois? Puede que él te lo pregunte esta noche.

Claro que mamá lo sabía. La abuela solo quería provocarme. Levanté el brazo con la palma hacia afuera, como un policía.

—Para ya.

—¿Qué pare de qué? —Tyler observó el recibidor frunciendo el ceño al no ver a nadie—. ¿Esto es otra cosa rara de tu familia?

—Sí... algo así. ¿Por qué no pasas al comedor? Acabamos de sentarnos a comer. Iré en un momento.

—Ah, vale.

La decepción se reflejó en su rostro.

Genial. Ahora Tyler creía que estaba molesta con él. Esperé hasta que se alejó lo suficiente y susurré:

—Ya basta, abuela.

La abuela Vi juntó las manos.

—Con un joven tan agradable y no dejas de ser una gruñona. No lo dejes escapar, Cen. ¡Haríais una pareja tan mona!

—Ya somos una pareja. Y tú estás chalada.

Le di la espalda a la abuela y me dirigí al comedor.

Me siguió. Su aura había adquirido una tonalidad roja anaranjada.

—¿Me llamas loca a mí? Mi nieta, mi propia sangre, insultándome cuando yo solo quiero hacer amigos...

—Estás exagerando, abuela. Sabes que no quería decir eso. —Me paré en el salón, decidida a terminar la conversación antes de llegar al comedor—. Vamos a comer.

—Soy un fantasma, Cen. Sabes que no puedo comer. ¡Deja de burlarte de mí!

Se tocó la barriga con su mano transparente.

—Perdona, abuela. Me refería a que te echaré de menos si no te unes a la mesa con nosotros.

Ambas nos sobresaltamos cuando una ráfaga de viento abrió la puerta principal. La puerta golpeó la pared antes de volver a entornarse.

Corrí hacia la puerta segura de que la había cerrado.

La voz de una mujer me paralizó. Resultó que no era el viento.

CAPÍTULO 8

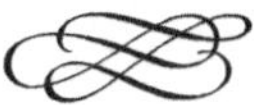

—¡Espera!

Una rubia con una chaqueta de cuero negra me saludó cuando me acerqué al recibidor. su minifalda de lentejuelas acababa pocos centímetros por debajo de su chaqueta, dejando al descubierto sus generosos muslos. Lo único de su atuendo que era adecuado para el tiempo eran sus botas de nieve. A juzgar por su torpe andar, le venían grandes. Un gran bolso de cuero rojo le colgaba del hombro. Llevaba un par de zapatos de charol rojo en una mano y una botella de vino en la otra.

—¿Puedo ayudarla?

Salí al porche y cerré la puerta detrás de mí. Me quedé allí descalza, con los brazos cruzados contra el viento y el frío.

—Espero que quieras ayudarme. Tú debes de ser Cen.

Se detuvo al pie de las escaleras y suspiró profundamente. Se quedó allí como si esperara que yo bajara las escaleras para reunirme con ella.

No lo hice.

—Soy yo. ¿La conozco?

Subió las escaleras sin responder y dejó la botella en mis brazos.

59

—Toma esto.

Cogí la botella que me pasó rociando nieve sobre mis calcetines. Reconocí la etiqueta. Era un vino blanco barato muy popular en las gasolineras, probablemente una compra de última hora, aunque ni siquiera estaba frío.

No la había visto nunca y Westwick Corners era tan pequeño que conocía a todos los del pueblo. Incluso conocía a gran parte de los invitados que venían de otras ciudades. La mayoría no habían podido venir por la ventisca. Y aquí estaba ella, como si estuviera en su casa.

La rubia llegó hasta la puerta principal y se sacudió la nieve de las botas. Esperaba impacientemente a que yo abriera la puerta.

—¿Vas a dejarme pasar? Tengo que entrar y calentarme.

—¡Ay, madre! —Exclamó la abuela Vi flotando a mi lado—. No me gustan las pintas de esta golfa.

Miré a la abuela Vi antes de dirigirme a la mujer.

—Gracias. El vino tiene muy buena pinta. ¿Eres amiga de…?

Me tendió la mano.

—Soy Gail. ¿No te ha dicho Brayden que iba a venir?

—Espera… ¿qué?

Le estreché la mano y me giré. Un hombre se apresuraba por la carretera. Me dio un brinco el corazón cuando reconocí a Brayden, mi exprometido. Seguramente, debía saber que si invitación a la cena de Nochebuena de la familia West había terminado cuando se rompió nuestro compromiso a principios de año. Brayden era un egoísta, pero ni siquiera él podía ser tan estúpido.

O puede que lo supiera y decidiera presentarse de todos modos. Con una acompañante nada menos. Conociéndolo, probablemente quisiera ponerme celosa. O al menos, presumir de cita, ya que yo estaría con Tyler.

Brayden me saludó y aceleró el paso.

—Hola, Cen. Veo que ya has conocido a mi novia, Gail.

Hizo énfasis en las tres últimas palabras a propósito.

—Eh… no os esperaba. ¿Qué estáis haciendo aquí?

Como alcalde de Westwick Corners, Brayden también era el jefe de Tyler. Dudaba que su visita estuviera relacionada con el trabajo. El vino de Gail lo confirmaba. Mi Nochebuena empeoraba minuto a minuto.

—¿No te lo dijo Pearl? Ella me invitó. A los dos. —Puso una mano sobre el hombro de Gail—. Entremos. Aquí hace un frío que pela.

La abuela Vi rio cuando Brayden y Gail la travesaron para entrar. Empezó a cantar una canción de Shania Twain: «*It's gonna be a party...*».

—¡Abuela, para!

Susurré tan fuerte que Brayden se detuvo en seco y se dio la vuelta.

—Veo que sigues hablando sola.

Brayden arrojó sus abrigos sobre la barandilla de la escalera, se volvió y sonrió con superioridad antes de seguir a Gail hasta el comedor.

Cerré la puerta y me apoyé contra ella. Definitivamente la tía Pearl tramaba algo. Estaba furiosa porque hubiera invitado a tanta gente. De repente había dejado de ser una antisocial para convertirse en la organizadora de las fiestas, invitando a gente con la que no quería pasar ni un minuto. Puede que ese fuera el tema de la fiesta, teniendo en cuenta la llegada de mi exprometido y su extraña nueva novia.

—No todo es por ti, Cen. —La abuela Vi me había leído el pensamiento—. Anímate.

Quizá la extraña lista de invitados fuera el intento de comedia de la tía Pearl. Los juegos de brujas era una tradición familiar en Nochebuena. Lanzábamos hechizos divertidos e intentábamos superar mutuamente nuestras travesuras mágicas. Pero nunca involucrábamos a gente corriente. Me preocupaba que la tía Pearl hubiera llegado demasiado lejos.

Entré al comedor y dejé el vino de gasolinera de Gail sobre la mesa. Mi Navidad soñada se estaba convirtiendo en una pesadilla y solo podía empeorar.

Y no había nada que yo pudiera hacer al respecto.

Aunque la última persona con la que quisiera pasar la Nochebuena era el hombre al que había dejado plantado antes de la boda. Aunque se hubiera traído a su nueva novia. Aunque mi romántica Navidad se hubiera ido al traste.

Y aunque sabía que la tía Pearl tenía algo planeado, no podía hacer nada para evitarlo.

CAPÍTULO 9

La conversación alrededor de la mesa fue incómoda y constantemente interrumpida por nuestra extraña variedad de invitados. La tía Pearl había insistido en que Brayden y Gail se sentaran frente a Tyler y yo, así que teníamos que vernos las caras toda la noche. Había distribuido los asientos para que me sentara entre mi pretendiente actual y el anterior.

La tía Amber se sentó a la izquierda de Tyler y la tía Pearl a mi derecha, como encerrándonos en un sándwich.

Merlinda se sentó a la izquierda de Brayden, Dominic a su lado y Santa Earl a su otro lado al pie de la mesa. Mamá estaba a la cabeza de la mesa en el asiento más cercano a la puerta de la cocina.

La sonrisa de Gail de unos instantes antes había sido reemplazada por un ceño fruncido. Tenía la vista fija en Merlinda y no en el buen sentido. Al principio la miraba de reojo, pero ahora ya la miraba de lleno. No era de extrañar, ya que Brayden también la miraba descaradamente.

Aunque no podía culpar a Gail por sentirse celosa, su reacción me parecía un poco obsesiva. Le brillaba el odio en los ojos con cada movimiento de Merlinda. Se estaba cocinando la polémica. De hecho estaba ya casi a punto de ebullición.

La alegría de Brayden de estar entre las dos mujeres era evidente. Aun así, permaneció totalmente ajeno al cambio de humor de Gail mientras se servía un panecillo recién horneado.

—¿Tinto o blanco?

Earl abrió el tinto y sirvió copas de merlot, después abrió el Sauvignon Blanc. Yo opté por el tinto como todos los demás excepto Gail, Brayden y Merlinda, que eligieron blanco.

Dominic negó con la cabeza y señaló su botellín.

—Yo me quedo con la cerveza.

Earl acabó de repartir el vino antes de servirse el ponche de huevo.

—Voy a probar los brebajes de Amber. Por lo que veo, parece fuerte.

Amber rio y levantó su copa simulando un brindis.

—Está fuertecito, sí.

La tía Pearl estaba excepcionalmente habladora, jactándose de los logros académicos de Merlinda, aunque sin usar términos específicos. Sin duda intentaba hacerme sentir culpable para que volviera a la Escuela de Encanto Pearl. Pues no iba a caer en la trampa.

Mientras la tía Pearl hablaba sin parar de Merlinda, mis pensamientos se desviaron

Gail se llevó la copa de vino a los labios y rápidamente la dejó caer sobre la mesa, derramando vino por todas partes.

Volví a la realidad cuando vi a una Gail enrabiada al otro lado de la mesa. Alguien o algo la había hecho enfadar, aunque yo estaba distraída y no me había enterado. Fuera lo que fuera, había provocado su ira. Era una mecha encendida dispuesta a explotar en cualquier momento. Quería decir algo, pero solo yo me había dado cuenta.

La tía Pearl me dio unas palmaditas en la mano, aparentemente ajena a la ira de Gail.

—Lo único que tienes que hacer es aplicarte, Cen. No tienes que rendirte. La escuela no es tan difícil.

Gail nos interrumpió antes de que pudiera responder. Se inclino hacia adelante y clavó la mirada en Merlinda.

—¿Qué estudias exactamente aquí, Merlinda?

—Eh… filosofía y misticismo —contestó.

Brayden se removió incómodo en su asiento. Dudaba que su incomodidad derivara de las malas vibraciones de Gail o de las referencias místicas. Por lo general, era ajeno a los sentimientos de los demás. Era más probable que estuviera molesto porque todavía no le había llegado la fuente del pavo.

—No hay universidad en Westwick Corners —señaló Gail—. ¿A qué escuela vas?

A pesar de mis sentimientos sobre Merlinda, sentí la necesidad de entrometerme.

—Merlinda está investigado para su tesis. ¿Y tú qué haces aquí, Gail?

Mamá se sorprendió.

—Lo que Cen quiere decir es que…

—Nunca te he visto en pueblo, Gail —continué—. ¿Te acabas de mudar?

Era posible que no la hubiera visto antes en Westwick Corners porque Brayden me evitaba a propósito. Por otra parte, Brayden había traído a Gail a nuestra celebración familiar de Nochebuena. No era muy esquivo. No, era demasiado egocéntrico incluso para fijarse en mis sentimientos antes de dar un paso en falso. Aunque sí que se fijaba en una persona.

Merlinda. Brayden no podía quitarle los ojos de encima. Si ella no se hubiera recluido tanto puede que la hubiera conocido antes por el pueblo. Y tal vez la situación no hubiese sido tan incómoda.

Gail negó con la cabeza.

—No. Vivo en Shady Creek. Brayden y yo normalmente salimos por allí. No podíamos volver hasta Shady Creek porque la carretera estaba cerrada, así que Pearl insistió en que viniéramos a cenar.

—Me alegro de haberlo hecho —dijo Brayden mirando embobado a Merlinda.

Me volví hacia Tyler. Parecía ajeno a los encantos de Merlinda.

—Brayden ha dicho que era peligroso salir por la carretera, ¿verdad, Bray?

Gail estiró el cuello para llamar la atención de Brayden, pero fue inútil.

A esas alturas, Brayden ya miraba abiertamente a Merlinda. Estaba totalmente girado en la silla, dándole la espalda a Gail.

Por un momento creí que la exagerada obsesión de Brayden estaba causada por la magia de la tía Pearl, pero incluso ella movía la cabeza disgustada.

Dominic también notó la fijación de Brayden. Tenía la cara roja de ira, aunque intentaba contenerse. Tragó lo que le quedaba de cerveza y dejó la botella sobre la mesa.

—¿Bray? Te he hecho una pregunta. —Gail se fijó primero en Brayden y después en Dominic—. ¿Qué os pasa, chicos?

La noche se iba deteriorando rápidamente. Gail era una barril de pólvora a punto de explotar. Tenía que suavizar la situación de algún modo, pero ¿cómo?

—Brayden tiene otras cosas en la cabeza además de a ti, Gail —dijo la tía Pearl—. No ha oído ni una palabra de lo que has dicho.

—¡Tía Pearl! —la regañé y la fulminé con la mirada, furiosa por su intento de provocar más problemas.

Ella sonrió con superioridad y le limpió los labios con una servilleta.

—¡Brayden! —Gail lo cogió del hombro—. ¡Mírame!

Cuando Brayden se giró golpeó la copa con el codo derramando vino blanco por todo el mantel.

—¡Mira lo que has hecho! —exclamó Gail—. Una copa de vino echada a perder.

Brayden negó con la cabeza.

—Si no me hubieras tirado del hombro…

Nadie se atrevió a mencionar que Gail había derramado su copa unos minutos antes. Se podía cortar la tensión con un cuchillo. Hasta la abuela Vi percibió el ambiente. Flotaba sobre la cabeza de Gail con un cuchillo de mantequilla en la mano.

—¿Qué demonios…? —Gail se llevó una mano al pelo—. Me acaba de caer algo en la cabeza.

Se retiró un pedacito de mantequilla del pelo mirando hacia el techo.

La abuela Vi, tan invisible como siempre, rio.

Entonces la siguieron la tía Pearl y la tía Amber. Todos estallaron en carcajadas.

Excepto yo.

Y Gail.

Frunció el ceño mientras observaba la mantequilla que tenía en la palma de la mano.

—¿Cómo diablos ha llegado esto a mi pelo? Parece mantequilla derretida.

La tía Pearl resopló.

—No puedo creer que sea mantequilla.

—Yo sé dónde me gustaría untarla.

El inapropiado comentario de la abuela Vi hizo que al menos la tía Amber recuperara el sentido.

—Lo siento, querida. Creo que ha saltado accidentalmente de mi cuchillo cundo me he untado la mantequilla en el panecillo. Es curioso, creo que es bueno para la piel.

—Mi piel no necesita nada extra. Que alguien me pase los panecillos.

La arruga entre las cejas de Gail se hizo más visible. Miró la mesa de una punta a la otra en busca de los panecillos. Su ojos se detuvieron en Brayden que acababa de coger la cesta.

Los ojos de Brayden estaban fijos en Merlinda mientras sostenía la cesta con la dos manos como un mayordomo enamorado. El contuvo el aliento mientras ella extendía su mano morena con una manicura perfecta y seleccionaba delicadamente un panecillo.

La conversación alrededor de la mesa se detuvo mientras se desarrollaba un drama silencioso.

En parte esperaba que Brayden besara la mano de Merlinda o se arrodillara ante ella, pero estaba sentado y sostenía la cesta con las dos manos.

Gail se aclaró la garganta y miró a la espalda de Brayden. Tenía el rostro enrojecido mientras esperaba a que Brayden se volviera y le pasara los panecillos.

En cambio, Brayden asintió dulcemente a Merlinda y dejó la cesta sobre la mesa.

Gail se volvió a aclarar la garganta.

—No has oído ni una palabra de lo que he dicho, ¿verdad, Brayden?

—¿Eh?

Brayden parecía un ciervo asustado ante los faros de un coche.

Mi exnovio, normalmente confiado, tenía miedo de Gail. Nunca lo había visto así y me preocupaba.

—No importa. Lo haré yo misma. —Gail se inclinó frente a Brayden y cogió la cesta—. Estás haciendo el ridículo.

Sabía lo que le pasaba a Gail. No era brujería ni artimañas femeninas. Pero, fuera lo que fuera, los hombres se derretían ante la presencia de Merlinda. Y aún más extraño era que ella parecía ajena ante el cambio de actitud de los hombres en su presencia. Así era la vida para la gente guapa. Estaban tan acostumbrados a tratar con legiones de admiradores que no se daban cuenta de su trato especial.

Yo nunca sabría lo que era eso. Aunque conseguía llamar la atención cuando me maquillaba y me ponía vestidos ceñidos, no era nada en comparación con las reacciones que suscitaba Merlinda. Sentí que la mayoría de los hombres harían cualquier cosa para llamar su atención. Y me refería a cualquier cosa, incluso a delitos graves. Era guapa a morir.

Volví a centrarme en Gail que parecía a punto de pegarle a alguien, aunque se sirvió un poco de merlot. Vació la copa en pocos minutos. Luego se recostó en la silla y suspiró. Había perdido y lo sabía.

Brayden miraba a Merlinda con el tenedor vacío a medio camino entre el plato y su boca.

—¿Un poco de vino?

Con la esperanza de la aligerar el ambiente, la tía Amber había dejado la mesa y había vuelto con otra botella de merlot. Rellenó primero la copa vacía de Gail y continuó alrededor de la mesa.

La estrategia de la tía Amber era brillante: eliminar la tensión emborrachando a Gail hasta que ya no le importara.

La abuela Vi levitaba detrás de mí, todavía fijándose en Gail.

—Esa mujer no es buena para Brayden.

—¿Desde cuándo te importa?

Las palabras me salieron sin que pudiera impedirlo. En primer lugar, a la abuela Vi nunca le había gustado mucho Brayden, así que me sorprendió que desaprobara a Gail como pareja para él.

—¿Qué? —Tyler paró el vaso a medio camino de su boca—. ¿Con quién hablas?

Brayden puso los ojos en blanco.

—¿No te has dado cuenta? Lo hace todo el tiempo.

Gail tenía la cara roja cuando me fulminó con la mirada.

—¿Por qué me miras así?

—Lo siento, solo estaba pensando en voz alta.

No podía hablar con la abuela Vi delante de los invitados. Me moría de ganas de preguntarle a qué se refería con lo de Gail, pero tendría que esperar.

La abuela Vi tarareó *Whose bed have your boots been under* y bailaba sobre el puré de patatas y zanahorias. Estaba obsesionada con Shania Twain. La tía Amber, la tía Pearl y mamá estallaron en carcajadas.

También me divertían las imitaciones de la abuela Vi de Shania, pero no estaba dispuesta a demostrarlo.

—¿Qué es tan gracioso? —preguntó Gail mirando a su alrededor—. ¿Por qué me miráis todos?

—No te estamos mirando —dijo mamá—. Al menos no intencionadamente. Es una vieja broma de la familia West.

—Pues no tiene nada de gracioso —espetó Gail.

Se hizo un silencio incómodo.

—¡Madre mía! —exclamó mamá—. Con tantos invitados tendría que haber puesto más pavo. Hay más en la cocina, solo tengo que cortarlo.

—Yo lo haré —se ofreció Brayden saltando de su asiento. Estaba ansioso por escapar de la ira de Gail y siguió a mamá a la cocina.

Gail escaneó nuestros rostros. Se puso de pie y dejó caer la servilleta en el plato vacío. Fue detrás de ellos.

—Os ayudo.

—¡Esperadme! —La abuela Vi dio media vuelta y se fue flotando detrás de ellos tarareando otra canción de Shania Twain—. *Ooh, there's gonna be a party...*

Me levanté de mi asiento y me dirigí a la cocina. La tensión aumentaba con las bromas de la abuela Vi, los celos obsesivos de Gail y Brayden cogiendo un cuchillo de cocina.

Gail se detuvo en la puerta. Se volvió y me miró.

—No sé qué tramas pero será mejor que pares ya.

Estaba sin palabras.

Eso era algo bueno porque tenía la sensación de que estaba a punto de hacer algo de lo que me arrepentiría más tarde. De un modo u otro, íbamos en dirección a los problemas y no estaba segura de poder evitarlos.

CAPÍTULO 10

*B*rayden se puso manos a la obra tallando el pavo bajo la atenta mirada de Gail. La tía Pearl y yo observábamos desde el otro lado de la cocina, manteniendo las distancias con nuestra invitada psicópata por si perdía el control.

Gail me lanzaba cuchillos con los ojos. Le sonreí dulcemente, aliviada de que no fuera ella la que sujetaba el cuchillo de verdad. No había hecho nada para merecer su enfado, pero como ex de Brayden, puede que fuera mi mera existencia. Con Merlinda todavía en el comedor, era el objetivo más cercano de Gail. Sabía que no debía meterme con una novia celosa y medio borracha.

Mamá le sonrió a Gail.

—Qué pena que no puedas estar con tu familia de Shady Creek. Sé que no es la Nochebuena que Brayden y tú esperabais.

—No es para tanto. —Gail no profundizó más. Se acercó hacia nosotras y miró a la tía Pearl y al pastel—. Ese pastel tiene buena pinta. ¿Puedo probar un poco?

—Claro. —La tía Pearl sonrió y le ofreció el plato con la ración más grande a Gail—. Sírvete.

Funcionó. Gail mordió el anzuelo.

Fue algo cruel por parte de la tía Pearl porque nadie soportaba ese pastel. Nadie lo merecía tampoco. Abrí la boca para protestar, pero algo me lo impidió. Un bocado del pastel de mamá impediría que Gail se metiera conmigo.

No fue así. Se comió toda la porción e incluso se sirvió un segundo trozo del pastel cargado de alcohol.

—No comas demasiado o perderás el apetito.

Mamá estaba aturdida por la obsesión de Gail con el pastel.

—Perderá algo más que el apetito.

La abuela Vi flotaba detrás de la espalda de mamá con un dedo travieso en los labios.

La tía Pearl hizo la señal de cortarse el cuello.

La abuela Vi hizo pucheros.

—No me faltes al respeto, Pearl.

Por suerte, mamá estaba tan concentrada en Gail que se perdió el insulto de la abuela Vi al pastel.

Miré mal a la abuela Vi.

Gail frunció el ceño, asumiendo que mi expresión estaba dirigida a ella.

Mamá señaló la mano de Gail.

—El pastel siempre se acaba más rápido de lo que lo hago. Tendría que haber preparado más.

La tía Pearl resopló.

—Qué lástima que la Navidad sea solo una vez al año.

Mamá sonrió.

—Puedo hacer el pastel siempre que quieras, Pearl. Solo tienes que pedirlo. No hace falta esperar a Navidad.

—¡No! —dije con demasiada emoción—. Que sea una vez al año es lo que lo hace especial. No queremos estropear la tradición navideña de la familia West.

Vi a Gail acabarse el segundo trozo de pastel y pensé en lo extraño que era que Brayden y ella estuvieran aquí, en primer lugar. La familia de Brayden vivía fuera del estado y él siempre iba a visitarlos durante las vacaciones. Puede que tuvieran planeado visitar a la familia de Gail este año. Pero, si ese era el caso, ¿por qué no se habían marchado por la mañana antes de que cerraran la carretera?

La mayor pregunta era por qué Gail había considerado pasar la Nochebuena conmigo, la ex prometida de Brayden. A menos que Brayden no le hubiera contado quién era yo. Eso tenía sentido, teniendo en cuenta lo egocéntrico que podía llegar a ser.

Supuse que, por alguna razón, Brayden no quería pasar la Navidad con la familia de Gail. Podría haber retrasado deliberadamente su partida. Y ya que Gail era tan celosa, probablemente le diera miedo dejarlo solo en Navidad. Puede que su único motivo para quedarse en el pueblo fuera simplemente vigilar a Brayden.

A esas alturas ya estaba segura de que la tía Pearl no tramaba nada bueno. Si había invitado a Brayden a última hora, sabía que Gail era parte del pack.

Mamá se apartó del fregadero y le sonrió de nuevo a Gail.

—¡Me alegro de que te haya gustado el pastel! Me encantaría darte la receta pero no puedo. Es un secreto familiar. Nunca encontrarás otro pastel como este.

—Eso seguro —dijo la tía Pearl.

Todas fingíamos que nos gustaba tanto el pastel que la convencimos de que no compartiera la receta con extraños. Era más que nada por el bienestar del público en general. La parte mala era que mamá cada año preparaba más cantidad, erróneamente convencida de que a todos nos encantaba.

Lo más extraño era que mamá era una gran cocinera y una maestra pastelera. Todo lo que cocinaba estaba delicioso. Sin embargo, estaba ciega al sabor de su horrible pastel navideño. Nadie tenía corazón para decirle la verdad. Era todo lo que podíamos hacer para impedir que lo sirviera a los clientes. No obstante, contra todo pronóstico, a Gail parecía encantarle.

—El pavo está cortado.

Brayden levantó la fuente para que todos lo viéramos, orgulloso de sí mismo.

Mamá lo aprobó.

—Está perfecto, Brayden. Vamos a comer. Cen, coge algo de vino.

Cogí otra botella de merlot y otra botella de vino blanco, un Sauvignon Blanc de una bodega cercana.

Gail hizo lo mismo y cogió dos botellas más de nuestra reserva. Al parecer, estaba comprometida con lo de emborracharse. No podía culparla estando con Brayden. Tener que pasar la Nochebuena con su exnovia ya era suficiente. Solo esperaba que Gail no fuera una borracha agresiva.

Brayden mantuvo la puerta abierta para mamá y la hizo pasar al comedor. Después entró Gail seguida de Brayden.

Esperé hasta que la puerta se cerró y me volví hacia la tía Pearl.

—Se suponía que era una cena familiar.

La tía Pearl resopló.

—Relájate, Cen. Brayden es prácticamente de la familia.

—No, no lo es —siseé—. No es de la familia desde que rompimos. ¿Por qué lo has invitado? Ni siquiera te cae bien.

Sus planes de crear una brecha entre Tyler y yo eran bastante evidentes.

La tía Pearl puso los ojos en blanco.

—Si no hubiera sido por aquel cadáver en el ensayo de la boda, Brayden sería ahora mismo tu marido. Y, técnicamente, los dos estáis solteros todavía. No es demasiado tarde para arreglar las cosas.

—Eso no va a pasar.

Mi casi boda con Brayden se había cancelado por una buena razón, y no fue por un asesinato prematrimonial. Simplemente no nos hacíamos bien mutuamente. Mis inquietudes del último momento me habían impedido casarme con el hombre equivocado.

—Brayden es mucho mejor que el otro, como se llame —señaló la tía Pearl.

—Sabes de sobra el nombre de Tyler. Aunque no te caiga bien, al menos podrías ser amable.

El rostro de la tía Pearl se iluminó de repente. Cogió la fuente del pastel.

—¿Por qué no le ofrezco a Tyler un poco de pastel navideño? Como una ofrenda de paz.

—Ni te atrevas, tía Pearl. El pobre Tyler está agotado de trabajar y ese pastel tiene tanto alcohol que es probable que se desmaye.

Sabía que no tenía que discutir con ella porque de algún modo me absorbía.

La abuela Vi resopló.

—¿Habéis visto a Gail? ¡Ya se ha comido dos trozos! Esa chica tiene que ser de constitución fuerte porque aún se tiene en pie. Sin embargo, será mejor que alguien hable sinceramente con Ruby sobre el maldito pastel. Puede matar a alguien.

—Podrías habérselo dicho hace años —susurré.

La abuela Vi quería que el marrón nos cayera a una de nosotras, como de costumbre. El pastel navideño llevaba años siendo una tradición, así que enfrentarse a mamá después de tanto tiempo era demasiado. Nuestra gran conspiración familiar había fracaso delante de nuestras narices.

La abuela Vi se encogió de hombros.

—Ahora es demasiado tarde, soy un fantasma. Ya no puedo comer así que no es mi problema.

—Es nuestro problema, abuela. No es de extrañar que sea una receta secreta. Debería seguir así.

La receta probablemente hubiera pasado de la abuela Vi a mamá.

La abuela negó con la cabeza.

—Por supuesto que no le llegó por mí, y no hay nada que pueda hacer al respecto. Aunque sí que tengo un problema con estos invitados. Podría hacer algo con ellos.

—No —dije—. Se habrán ido en unas horas. O al menos mañana por la mañana cuando cese la tormenta.

—Eso es demasiado tarde. ¿Cómo podría relajarme con toda esta gente aquí? La abuela Vi flotaba junto a la puerta del comedor.

La tía Pearl frunció el ceño.

—¿Es un delito sentir el espíritu navideño?

—No —respondió la abuela Vi—. Odias a la gente y detestas socializar. Has invitado a todos estos intrusos por una razón. Ojalá supiera cuál es.

Sentí una presencia detrás de mí, me volví y descubrí a Gail. No tenía ni idea de cuánto tiempo llevaba en la puerta.

Gail frunció el ceño hacia nosotras.

—¿Con quién habláis?

—Con nadie en particular —respondió la tía Pearl forzando una sonrisa.

Le quité importancia con la mano.

—La tía Pearl estaba hablado, no yo. Habla sola todo el tiempo. Supongo que son cosas de la vejez.

—Cuida tu boca, jovencita. Soy más astuta que todos los que hay aquí.

Brayden apareció detrás de Gail para ver a qué venía tanto alboroto. Nos miró a la tía Pearl y a mí con cara de decepción.

—¿No podríais vosotras dos llevaros bien por una vez?

Mis asuntos habían dejado de ser los suyos desde que rompimos. Abrí la boca para responderle pero paré cuando vi claros los planes de la tía Pearl. Me estaba provocando deliberadamente a pelear cuando invitó a Brayden y a Gail. Solo porque le molestaba que saliera con Tyler. Pero su plan no estaba funcionando y estaba frustrada.

Tyler era el primer sheriff que se enfrentaba a la tía Pearl y sus manías pirotécnicas. Como era mi novio, lo veía más a menudo de lo que le habría gustado. No era de extrañar que prefiriera verme con Brayden antes que con Tyler, ya que lo consideraba su archienemigo.

Yo era un peón en el juego de la tía Pearl, al igual que Tyler. Brayden, como mi exprometido y jefe de Tyler, era el jaque mate. La novia celosa de Brayden era un extra de último minuto, todo diseñado para provocar problemas.

Si añadimos a la hermosa Merlinda estaba claro que la tía Pearl quería que nos arrojáramos cuchillos entre todos. Pues no iba a caer. Solo era otro intento para hacer que Tyler renunciara al puesto de sheriff y se marchara del pueblo para siempre. No si podía evitarlo.

Brayden condujo a Gail de vuelta al comedor y nos indicó que los siguiéramos.

—Vamos. Hora de comer.

—Buena idea. —Sonreí y empujé a la tía Pearl por la puerta del comedor—. A disfrutar de la cena.

Compartir el pan en un día festivo podía reparar tanto las heridas viejas como las nuevas. Brayden y yo podíamos ser civilizados el uno con el otro, para empezar. Y aunque no esperaba que Tyler y la tía Pearl se hicieran amigos pronto, puede que pudiéramos plantar la semilla. Valía la pena intentarlo.

La tía Pearl me miró con recelo pero obedeció.

—¡Dejadles que coman pastel! —gritó la abuela Vi con alegría mientras aplaudía—. ¡Eso sí que será bueno!

Abrí la boca para responder pero me corté justo a tiempo.

No era exactamente la Nochebuena que había planeado, pero se volvía interesante. Podía sentarme y disfrutar del entretenimiento.

CAPÍTULO 11

*L*a tormenta continuó, pero en el interior todo estaba tranquilo tras un delicioso pavo. Los resentimientos se habían suavizado a fuego lento con grandes cantidades de alcohol.

Todos estábamos un poco ebrios por el ambiente navideño. Habíamos vaciado media docena de botellas de vino y Dominic se había tomado otras tantas cervezas. La tía Pearl y Earl habían disfrutado varias copas de ponche de huevo y todos estaban felices, o al menos, eran civilizados los unos con los otros.

El alcohol había dejado de lado nuestros conflictos personales y rivalidades románticas por el momento. Aunque nadie habría elegido esa compañía para cenar, habíamos descubierto cómo pasar un buen rato. Teníamos grandes cantidades de comida y bebida. Esperaba que no fuera solo la calma que precede a la tempestad.

Las luces parpadeaban y el viento aullaba en el exterior. Luego se fue la luz del todo y mamá encendió los candelabros del aparador. La parpadeante luz de las velas proyectaba largas sombras pero nos permitía volver a vernos.

Sin electricidad, podía parecer que era una cena del siglo XIX en lugar del siglo XXI. Las pequeñas llamas endulzaban la atmósfera y parecían suavizar aún más las pequeñas rivalidades entre los comensales.

Los platos estaban vacíos y todos nos recostábamos en nuestras sillas, contentos y llenos. Tomamos algo de café y té y mordisqueamos el postre. Había pastel de calabaza con nata, tartaletas de mantequilla y, por supuesto, el pastel navideño hecho con la receta secreta de mamá.

Solo Merlinda, Dominic y Gail, nuestros invitados desprevenidos, comieron del pastel. Agradecía que lo hubieran sacado tan tarde, así, cuando los estómagos de nuestros invitados protestaran más tarde, nunca sospecharían del pastel navideño de mamá.

El resto guardamos el pastel en servilletas y bolsillos para su posterior eliminación. De hecho, el apagón resultó una gran oportunidad. Acerqué mi plato al borde de la mesa, lo incliné ligeramente hasta que el pastel me cayó en la mano, lo envolví con una servilleta y me lo metí en el bolsillo.

—¡Hora de los juegos! —anunció la tía Pearl—. Esto será divertido.

—Nada de juegos familiares con los invitados aquí, Pearl —dijo mamá.

—¿Por qué no? ¡Me encantan los juegos! —Gail estaba animada—. ¿A qué vamos a jugar?

La tía Amber junto las manos.

—¡Juguemos a los Juegos Hambrientos!

—¿Es como los Juegos del Hambre? —preguntó Gail.

—Sí y no —explicó la tía Amber—. En vez de luchar por tu distrito, luchas por tu comida.

—Pero ya hemos comido —protestó mamá—. Estoy demasiado llena para pensar en comida, menos aún para luchar por ella.

—Yo también —dije.

—No tienes que comer, Ruby —aclaró la tía Amber—. Usaremos la comida como accesorio esta vez. A quien más comida haya conseguido al final se le concederá un deseo. ¡Hagámoslo con la temática del culto cargo!

En la familia West, un deseo significaba un hechizo. Me preguntaba cómo incomodaríamos a nuestros invitados no mágicos.

Mamá rio.

—Usaremos el postre que tengamos en la mesa. Una lucha a muerte por mi pastel navideño.

Todos la miramos boquiabiertos.

Tras unos instantes de silencio incómodo, Merlinda preguntó arrastrando las palabras a causa del alcohol.

—¿Qué tipo de juego es ese?

—Un juego tonto —dijo la tía Pearl—. No me motiva la comida.

Estaba de acuerdo, aunque no me atreví a decirlo en voz alta. Usar el pastel de mamá como fichas de póquer llevaría al desastre. El pastel no desaparecería de la mesa pronto, y nuestros comensales se sentirían tentados de comer aún más. ¿Y si sufrían una intoxicación etílica?

De repente, Merlinda se reclinó en su silla con los párpados caídos. El vino y el pastel de Navidad la habían afectado tanto que parecía a punto de desmayarse. Ya no quedaba vino. Teníamos que deshacernos del pastel antes de que comiera más.

—Era broma lo de la lucha por el pastel.

Pero la expresión abatida de mamá decía lo contrario. Iba muy en serio.

La tía Amber notó la decepción de mamá e intervino rápidamente.

—¿Por qué no jugamos a verdad o reto?

—Buena idea.

En realidad pensaba que verdad o reto era una idea terrible, teniendo en cuenta las personalidades alrededor de la mesa. Pero era mejor que tener que comer o esconder más pastel navideño empapado en alcohol.

—Jugaré a lo que sea —sonrió la tía Pearl con superioridad—. Ganar a toda costa es el nombre del juego.

—Cuente conmigo para eso —Gail miró hacia Merlinda—. Siempre soy la mejor.

Le lancé una mirada de advertencia a la tía Pearl.

—No hay perdedores ni ganadores en verdad o reto. Solo cierta vergüenza y posibles lesiones.

Mamá contuvo el aliento.

—Pero nada demasiado imprudente. Nos detendremos antes de que alguien salga herido.

—No cambiéis nada por nosotros —dijo Gail—. Fingid que es una Nochebuena familiar normal.

La tía Pearl se alegró.

—¡Sí! Los juegos navideños de la familia West no tienen nada de normal. Cuidado con lo que deseas.

Me estremecí. Al fin y al cabo, éramos brujas, y nuestros juegos podrían ponerse feos porque somos demasiado competitivas. Pero compartir los hechizos con extraños, aunque fueran otras brujas, era algo que definitivamente no se tenía que hacer. La amenaza escondida de la tía Pearl me preocupó. Cualquiera que fuera el plan que tuviera en mente para nuestros invitados, sin duda sería demasiado.

Sabía que la tía Pearl nunca compartiría detalles de nuestros hechizos ni secretos. Pero no confiaba en ella. Puede que fuera el efecto Earl o tal vez quisiera impresionar a Merlinda con sus hechizos. Normalmente no les gustaban nuestros juegos familiares, por lo que su entusiasmo indicaba peligro. Algo se gestaba en su incansable mente.

Evidentemente, todas añadíamos algo de magia a nuestros juegos. Normalmente no era un problema, pero esta vez estábamos en un estado de embriaguez avanzada. Eso incluía a la tía Pearl. Lanzar hechizos bajo los efectos del alcohol era peligroso a menos que hubiera una bruja sobria para arreglar los desastres.

La tía Pearl sonrió sádicamente.

—Vale, escuchad. Cada pareja es un equipo, parejas contra parejas. Todo está sobre la mesa.

Amber pareció aliviada.

—Supongo que entonces Ruby y yo nos quedamos fuera. Somos las únicas solteras.

—No seas tonta —dijo la tía Pearl—. Vosotras dos sois Sister Act.

Mamá negó con la cabeza.

—¡No! No quiero ser...

—Vamos, Ruby, será divertido —dijo la tía Amber animada—. Ganaremos porque nos conocemos muy bien.

—Lo dudo —dijo Dominic—. Merlinda y yo ganaremos, ¿verdad, Merlinda?

Los ojos de Merlinda se abrieron y frunció el ceño.

—Seguro. Aunque nunca he jugado a verdad o reto.

—Es fácil —dije—. A una pareja se les pregunta verdad o reto. Si eliges verdad tienes que responder una pregunta. Si eliges reto tienes que hacer lo que te digan. Cuando lo hayáis conseguido, podéis hacer lo mismo a quien queráis.

La abuela Vi levitaba detrás de Earl y la tía Pearl.

—No puedo esperar para ver como todos se destruyen mutuamente. Seré la única que quede en pie.

Mamá sonrió.

La tía Pearl señaló a mamá.

—Ruby, empiezas tú.

—Vale, bien. Earl y Pearl… ¿Verdad o reto?

—Verdad —respondieron los dos al unísono como un matrimonio de ancianos.

Mamá rio.

—¿Por qué no nos contáis que hicisteis en vuestra primera cita?

—¡No puedes preguntar eso, Ruby! —protestó la tía Pearl sonrojada.

—¿Por qué no? Has dicho que todo vale, Pearl. —Mamá arqueó las cejas y sonrió divertida—. Esto también va por ti.

—Cenamos a la luz de las velas en mi casa —dijo Earl—. Fue muy romántico pero tengo que admitir que las cosas se nos salieron de mano un poco.

Amber rio por lo bajo.

—¿Os pusisteis calentitos? Ya veo…

—Bueno…

—¡Earl!

La tía Pearl le dio una palmada en la mano. Earl retrocedió.

—Sí, hubo calor. Sobre todo cuando las cortinas se incendiaron y tuvimos que llamar a los bomberos. A Pearl le encantan sus velas de soja. Pueden derretirse y usarlas para hacer aceite de masaje. —Le acarició la mano—. Será mejor que no diga nada más. Aunque nunca olvidaré aquella noche. Pearl está llena de sorpresas.

Tyler y yo nos echamos a reír, seguidos de mamá. La idea de que la tía Pearl se hubiera enamorado de alguien era increíble. Y Earl la afectaba de un modo que nunca había visto. Estaba bajo su hechizo por así decirlo.

—Earl, para. Me estás avergonzando.

La tía Pearl se volvió hacia Tyler y yo y dijo abruptamente:

—Vuestro turno. ¿Verdad o reto?

—Reto —respondió Tyler.

El corazón me dio un vuelco, sabiendo que la tía Pearl pretendía ridiculizar a Tyler. Aunque probablemente un reto fuera la elección más sabia. Suponía que la tía Pearl también tenía preguntas embarazosas.

—Te reto a marcharte del pueblo, sheriff —desafió la tía Pearl recostándose en la silla—. Incluso te lo compensaré si lo haces pronto.

—Ese no es un reto válido, Pearl —negó la tía Amber—. Tiene que ser algo que se pueda hacer aquí y ahora.

Tyler echó la cabeza hacia detrás y rio.

—Buen intento, Pearl. Pero ningún soborno podría convencerme para marcharme de Westwick Corners a corto plazo. Tampoco voy a dejar a Cen.

—¿Cuánto quieres? Sea lo que sea te lo pagaré.

—Pearl, basta —riñó mamá señalado con el dedo a su hermana mayor—. Tyler no se va a ninguna parte, así que acostúmbrate.

La tía Pearl entrecerró los ojos.

—Si así que es cómo queréis jugar, bien. Luego no digas que no te he dado una salida, sheriff.

Tyler rio entre dientes pero no respondió.

—Acabas de desperdiciar tu turno, tía Pearl.

Al menos no me había obligado a maldecir a Tyler o realizar otro hechizo horrible.

La tía Pearl frunció el ceño pero permaneció en silencio. En su apuro por desviar la atención de Earl y de sí misma, estaba demasiado nerviosa para pensar en un reto decente.

Me volví hacia Brayden y Gail.

—¿Verdad o reto?

—Verdad —respondió Brayden con suficiencia—. Pregúntame cualquier cosa.

—A nosotros —corrigió Gail—. Pregúntanos a los dos.

Era la oportunidad perfecta para descubrir más sobre su relación.

—¿Cuál es el mayor secreto que le ocultáis a vuestra pareja? —pregunté—. Brayden, tú primero.

Brayden se sonrojó.

—Bueno… Cen y yo estuvimos prometidos.

No era lo que esperaba. Al parecer, tampoco era lo que Gail esperaba.

Se levantó de la silla de repente.

—¿Qué? ¿Me has traído a cenar a casa de tu ex sin decírmelo? ¡Me has mentido! ¡Me dijiste que era una vieja amiga!

—Bueno, es las dos cosas. Quería decirlo pero… nunca salió el tema, supongo.

Brayden miró a todos los asistentes en busca de ayuda. Gail levantó las manos.

—¿Cómo iba a salir el tema? No puedo creer que no me lo contaras, Brayden. ¡Me haces parecer idiota!

Todos nos miramos en silencio, incómodos. No era de extrañar que Gail no se hubiera pensado el venir a cenar. No tenía ni idea de que Brayden y yo casi acabamos casados. Aún no me caía bien, pero me sabía mal por ella.

Mamá rompió el silencio.

—Gail, es tu turno. ¿Qué le ocultas a Brayden?

—Que estoy harta de ser ignorada. —Se volvió hacia él—. Estoy harta de que flirtees con otras mujeres mientras estoy delante. ¿Crees que no me doy cuenta de cómo te comes a Merlinda con los ojos? Todo el mundo lo ve, ¿verdad, Dominic?

Merlinda abrió la boca, sorprendida.

Dominic se inclinó en su silla, claramente incómodo.

—Tal vez deberíamos seguir… ¿quién es el siguiente?

—Ya no quiero jugar a este estúpido juego.

Gail se levantó y dejó la servilleta sobre la mesa. Se metió en la cocina.

Había sido bastante civilizado hasta ese momento, a pesar del exceso de bebida. Estaba claro que, fuera cual fuera el juego, Pearl lo había orquestado todo para acabar en el momento exacto en el que estábamos, a punto de lanzarnos cuchillos.

Mamá señaló la cocina con la cabeza.

—Creo que deberías ir con ella, Brayden.

Brayden suspiró y se puso en pie.

—¿Por qué tendría que...? Vale. Pero primero, Dominic y Merlinda, ¿verdad o reto?

—Verdad —dijo Dominic—. Pregunta.

—¿Creéis que os casaréis alguna vez?

Brayden ni siquiera disimulaba con Gail fuera del comedor. Le hablaba a Dominic pero miraba a Merlinda con adoración.

Miré hacia la puerta de la cocina, esperando que Gail no estuviera escuchando al otro lado.

Dominic respondió.

—La respuesta es sí. Porque ya estamos casados.

CAPÍTULO 12

—¿Ha habido boda? —La tía Pearl se atragantó con lo que estaba comiendo. Parecía visiblemente molesta cuando se dirigió hacia Merlinda—. ¿Cuándo os casasteis? ¿Por qué no me lo habías contado?

Los demás estábamos demasiado sorprendidos para hablar. La respuesta de Dominic era lo último que nos esperábamos.

Merlinda se quedó boquiabierta y fulminó con la mirada a Dominic.

Los ojos de la tía Pearl se abrieron de par en par.

—No puedo creer que me lo ocultaras, Merlinda. Después de todo lo que he hecho por ti. Creía que lo compartíamos todo.

—Te lo habría dicho con el tiempo, Pearl. Pero todavía no estaba preparada. —Merlinda se volvió hacia Dominic—. Prometiste mantenerlo en secreto.

—Sí, pero es verdad o reto, nena. Y ya no podía esperar más. Nadie de aquí conoce a tu familia así que, ¿qué más da?

Estaba sin palabras. La revelación de la tía Pearl de que ella y Merlinda eran confidentes era sorprendente como mínimo. Y Dominic y Merlinda hacían una pareja extraña. Él sería al menos una década mayor que ella y su exterior duro y tatuado no cuadraba con el aspecto refinado de Merlinda.

—¿Cuándo os casasteis? —preguntó mamá.

—En las vacaciones del semestre pasado, cuando Merlinda volvió a Vanuatu. —Dominic se sirvió otra generosa porción de pastel navideño—. Tuvimos una pequeña ceremonia privada. Merlinda estaba preciosa con aquel vestido.

Las luces volvieron a parpadear hasta que finalmente se quedaron encendidas de nuevo. Esperaba que aguantaran esta vez. Nuestra vieja mansión llena de corrientes de aire no era el lugar más acogedor para refugiarse de una tormenta y la oscuridad la volvía espeluznante.

La tía Pearl se volvió hacia Merlinda.

—Apenas tienes edad suficiente para casarte. Arruinarás tu vida antes de que empiece.

Dominic la fulminó con la mirada.

—Merlinda no necesita consejos tuyos, Pearl. Puede tomar sus propias decisiones.

—Tengo veintiún años —protestó Merlinda dándole otro bocado al pastel navideño—. No he salido con muchos chicos, pero tampoco es necesario. Sé que Dominic es el correcto.

Dominic intervino.

—No se puede programar el amor verdadero. Cuando el amor llega a tu vida te aferras a él y no lo sueltas.

Pensé en coger lo que quedaba del pastel y entrarlo a la cocina. En cambio, cogí las dos últimas porciones y me las puse en el planto. Era lo único que podía hacer para impedir que nuestros comensales comieran más.

Mamá sonrió.

—Definitivamente haré más la próxima vez.

—¿Cómo pudiste no invitarme a tu boda?

La tía Pearl tenía el rostro enrojecido, furiosa por sentirse excluida. Su decepción era comprensible teniendo en cuenta la cantidad de tiempo que pasaban juntas. Merlinda era básicamente su protegida y su única alumna por el momento. Entonces había llegado Dominic y lo había estropeado todo. Aun así, la ira de la tía Pearl llegaba a niveles poco saludables.

—No invitamos a nadie —dijo Dominic—. No queríamos hacer un escándalo, así que nos casamos en secreto en Vanuatu. Una pareja de turistas hizo de testigos, así que no lo sabía absolutamente nadie. Hasta ahora. No podíamos esperar, ¿verdad, calabacita?

—¿No podíais esperar para qué? —preguntó bruscamente Gail saliendo de la cocina.

—Merlinda y Dominic se casaron en secreto —dijo la tía Amber—. Y lo hemos descubierto gracias a verdad o reto.

Gail empezó a hablar pero Merlinda la interrumpió.

—No me… encuentro bien.

Merlinda dejó caer el tenedor y se agarró la barriga. Echó la silla hacia detrás y se puso en pie tambaleándose.

—¿Qué pasa, cariño? —preguntó la tía Amber levantándose y mirando a Merlinda con preocupación.

Merlinda se volvió a sentar en la silla y cerró los ojos.

—Me pondré bien, dadme un minuto.

Su rápida respiración y su rostro sonrojado decían lo contrario.

—Quizá deberías tumbarte. Déjame acompañarte al sofá.

Me levanté justo cuando las luces se volvieron a apagar.

La sala estaba a oscuras excepto por la tenue luz de las velas y la abuela Vi brillaba suavemente sobre el aparador como una luz nocturna de gran tamaño. Su suave resplandor iluminaba el comedor lo suficiente como para ver a Merlinda encorvada sobre la mesa, haciendo una mueca de dolor.

La tía Pearl también lo notó.

—Caray, Merlinda, no tienes buena cara.

—Me duele mucho el estómago. Perdonadme.

Merlinda se levantó de la mesa y se tambaleó hacia la puerta del comedor. Se detuvo un momento para estabilizarse. Luego desapareció en la oscuridad del comedor.

Dominic se puso en pie de un salto.

—Voy a ayudarla.

La tía Pearl se puso delante de Dominic y lo echó.

—No, yo lo haré.

No me sorprendió que Merlinda estuviera enferma dada la gran cantidad de pastel navideño cargado de alcohol que había comido. Ojalá hubiera podido pararla sin que mamá lo supiera.

La conversación cesó cuando escuchamos a Merlinda tropezando por el salón y pasando por el pasillo hacia el baño.

Fuera el viento aullaba, las ráfagas sacudían los cristales de las ventanas.

Las luces volvieron a parpadear y se encendieron de nuevo durante unos treinta segundos antes de que volviera a irse la luz. Instantes después, una ráfaga de viento apagó todas las velas. Nos sentamos en la oscuridad y no dijimos nada. Todos estábamos paralizados por las arcadas de Merlinda.

Merlinda todavía no había llegado al baño. Rechazaba todos los ofrecimientos de ayuda, pero me sentaba fatal tener que quedarme quieta sin poder hacer nada.

—Voy a por más cerillas.

Me levanté y fui palpando los respaldos de las sillas hasta llegar a la puerta de la cocina. Mis ojos se acostumbraron lentamente a la oscuridad y, después de lo que pareció una eternidad, finalmente pude llegar por la cocina hasta el armario empotrado donde guardábamos las cerillas. Rebusqué por los cajones frenéticamente hasta que encontré unas pocas en el último.

Encendí la vela en el mostrador de la cocina y la llevé hasta el comedor. Después de volver a encender los dos candelabros dejé la vela en la mesa, aliviada de volver a ver rostros familiares.

Me acababa de sentar cuando Merlinda gritó.

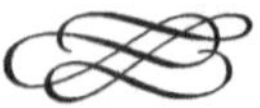

CAPÍTULO 13

Todos saltamos de nuestros asientos y corrimos hacia la puerta. Dominic y Brayden chocaron con el aparador y casi tiran los candelabros.

Dominic maldijo por lo bajo y cogió uno. Lo blandió como un arma y obligó a Brayden a apartarse.

Me encogí contra la pared y los dejé pasar a ambos. Dada la obsesión de Brayden con Merlinda y su necesidad de ser siempre el primero, no quería interponerme en su camino. Le indiqué a Tyler que pasara también por delante de mí. Entonces cogí el segundo candelabro y los seguí.

Casi choqué con la espalda de Tyler cuando se detuvo en seco delante de mí.

La tía Amber maldijo parándose también.

—¿Qué demonios pasa?

—¡Merlinda!

El grito de Dominic me provocó escalofríos.

No hubo respuesta.

Estiré el cuello para ver por encima de Tyler y vi a Merlinda tirada en el suelo. Dominic se arrodilló a su lado. Su candelabro iluminaba el recibidor oscuro. La luz parpadeante solo intensificaba el ambiente siniestro.

Merlinda estaba acurrucada en posición fetal en el recibidor, inconsciente. Se había desmayado antes de poder llegar al baño.

—¡Merlinda! Háblame. —Dominic la sacudió por los hombros con la vez rota—. ¡Despierta!

Tyler rodeó a Merlinda y se arrodilló al otro lado. Le levantó el brazo pero estaba flojo. Se inclinó sobre ella y le buscó el pulso y signos vitales.

—No respira.

Seguí a Tyler y me puse detrás de él. Dejé mi candelabro en el suelo junto a la pared.

—¡Que alguien llame a una ambulancia! ¡Rápido!

Tyler empezó la RCP. Su amplio torso me tapaba parte de la visión, pero era evidente que la reanimación no estaba dando resultados.

—Ya lo he hecho.

Westwick Corners era tan pequeño que no teníamos 911. Ni, desafortunadamente, hospitales ni paramédicos. El médico más cercano estaba a una hora, en Shady Creek. Había llamado a las emergencias de Shady Creek, esperando un milagro. Pero la tormenta era tan fuerte que incluso los paramédicos estaban confinados.

—Desafortunadamente, no pueden llegar con la tormenta.

Pasó un minuto, y luego unos pocos más. Incluso en la tenue luz, el tono de piel azulado de Merlinda era evidente. No tenía buena pinta.

Tyler y Dominic se turnaron para realizar reanimación, aunque pronto fue evidente que sus esfuerzos eran inútiles.

Finalmente, Tyler se puso en pie y se volvió hacia Dominic.

—Lo siento muchísimo, Dominic. Hemos hecho todo lo que podíamos pero… ha muerto.

—No ha muerto, no puede morir. Solo se ha desmayado. Tenemos que seguir intentándolo.

Dominic empujó a Tyler y siguió con la reanimación, aunque era obvio por su técnica que no había hecho nunca.

—Dominic, lo siento mucho.

Brayden le puso una mano en el hombro.

Dominic le apartó la mano.

—No ha muerto, solo…

La tía Pearl apartó a Brayden y se arrodilló al lado de Merlinda.

—Déjame verla. La llevaré al hospital.

Tyler buscó mi mirada. Claramente estaba pensando lo mismo que yo. Ni siquiera la magia podía devolver a Merlinda a la vida.

La tía Pearl se quedó completamente quieta cuando la gravedad de la situación la golpeó.

—¿Qué demonios está pasando? Hace unos momentos estaba…

Dominic negó con incredulidad. Se apartó lentamente de Merlinda y apoyó contra la pared, derrotado. Se dejó caer hasta sentarse en el suelo y enterró el rostro entre las manos. Todo su cuerpo temblaba con sus sollozos.

—No puede morir.

Dominic se sentía angustiado por perder su amor.

No era el único.

—¡No! —gritó la ría Pearl.

Se dejó caer en el suelo junto a Merlinda y se acurrucó en posición fetal.

El resto estábamos congelados en el sitio, aturdidos. Una mujer de veinte años, aparentemente sana había fallecido justo ante nuestros ojos sin ninguna explicación lógica.

Las manos de Merlinda apretaban su estómago en un agarre mortal, su rostro se había congelado en una mueca. Tenían los ojos abiertos sin ver nada. Incluso a la tenue luz de las velas, era obvio que estaba muerta.

—¡Lo siento, Pearl!

Tyler tiró suavemente de la tía Pearl para ponerla en pie y le pasó el brazo por los hombros. La condujo hacia la tía Amber y mamá que sollozaban en silencio a unos metros de distancia.

Dominic seguía llorando con el rostro enterrado.

—Estaba comiendo y hablando y todo iba bien. No entiendo qué ha pasado. ¿Cómo puede alguien tan joven morir así?

Tyler negó con la cabeza.

—A veces la gente muere de repente. Puede que tuviera un problema médico no diagnosticado. Tendremos que esperar y ver qué dice el médico forense.

El médico forense, como casi todos los demás, estaba en Shady Creek.

Mamá se puso una mano sobre la boca, conmocionada.

—No puedo creerlo, era la viva imagen de la salud. También tenía buen apetito. Le gustaba mi pastel navideño.

La tía Pearl levantó el puño hacia mamá.

—Tienes que dejar de hacer ese pastel, Ruby. Tu estúpido pastel ha matado a mi querida alumna.

—¿Crees que he envenenado a Merlinda? —Mamá se sintió horrorizada por la acusación de la tía Pearl—. Es una locura. ¿Qué hay de todos los demás? Todos habéis comido pastel y no estáis enfermos.

En realidad, solo Merlinda, Gail y Dominic habían probado el pastel. El resto de nosotros lo habíamos escondido sin probarlo. Pero mamá no lo sabía. Le di unas palmaditas en el hombros aliviada porque Gail y Dominic no presentaran síntomas.

—La tía Pearl no quería decir...

—Maldita sea, sí que quería decirlo, Cendrine. Es culpa de Ruby que Merlinda esté muerta. —La tía Pearl andaba de un lado a otro claramente angustiada—. Nunca volveré a tener una alumna como Merlinda. Tanto talento destruido por un puñado de pastel tóxico.

Mamá contuvo el aliento.

—No puede ser por mi pastel, Pearl. Es la misma receta que hago todos los años. ¿Cómo podría tener algo malo?

—Ruby, tengo que preguntarte algo. —Earl parecía incómodo—. ¿Sabes que te estaba ayudando con el problemas de las ratas?

Gail jadeó.

—¿Tenéis ratas?

—Me temo que sí —dijo Earl—. El caso es que, dejé el recipiente para medir las cantidades de veneno en la cocina un par de minutos y, cuando volví, ya no estaba.

Mamá jadeó.

—No creerás que... ¿estás diciendo que el polvo blanco que había en el medidor no era harina? Lo metí en la tarta.

—Si tú no rellenaste el medidor, ¿por qué lo usaste, Ruby? —preguntó Tyler—. ¿Cómo sabías que era harina?

Las lágrimas empezaron a caer por las mejillas de mamá.

—Supongo que no estaba pensando. Me pareció extraño porque no recordaba haber usado el medidor. Pero últimamente me despisto y creí que la había medido antes y se me había olvidado por completo. He estado tan ocupada organizando la cena con todos los invitados de Pearl que perdí la noción de las cosas.

Fruncí el ceño hacia la tía Pearl por el insulto al pastel de mamá y porque me hubiera echado directamente de la Escuela de Encanto Pearl.

—Aunque Merlinda hubiera sido envenenada, podría haber sido por cualquier cosa, como por tu té de hierbas, por ejemplo.

—Yo he comido pastel y no me pasa nada —dijo Dominic—. No puede ser por el pastel.

—Probablemente peses el doble que Merlinda —señaló Brayden—. Puedes absorber mejor el veneno. O eso o simplemente tarda más en afectarte.

Dominic se llevó la mano a la boca.

—Me encuentro como siempre.

Gail asintió.

—Yo también he comido algo de pastel y no estoy enferma. ¿Seguro que era veneno para ratas? Estoy bien.

«Algo» era insuficiente. Se había comido por lo menos cuatro o cinco trozos. Sin embargo, no mostraba signos de intoxicación.

La tía Pearl sacó la mano del bolsillo. Cuando lo hizo, un trozo de papel arrugado cayó al suelo.

—Qué tragedia.

La tía Amber se agachó para recoger el papel. Frunció el ceño cuando lo desenrolló y leyó lo que había escrito.

—Pearl, tu té de cardo tiene un error. Pone muérdago en lugar de cardo. Sabes que el muérdago es venenoso, ¿verdad?

—Claro que lo sé, déjame ver eso.

La tía Pearl le arrebató el papel de las manos a la tía Amber.

La tía Amber negó con la cabeza mientras miraba el cuerpo sin vida de Merlinda.

—Dios mío, Pearl, ¿qué has hecho?

CAPÍTULO 14

—¡*H*as matado a Merlinda! —gritó Dominic—. Iba a volver a casa y a abandonarte por fin. Sabías que no podías tenerla atrapada para siempre aquí en tu estúpida escuela. Envenenaste su té y la mataste.

—Pearl no lo hizo a propósito. Fue un accidente.

Las palabras de mamá flotaron en el aire y todos nos quedamos en silencio.

Dominic se lanzó hacia la tía Pearl.

—Voy a matarte, anciana.

Brayden y Tyler lo interceptaron cuando alcanzó a la tía Pearl. Cada uno lo agarró de un hombro y a duras penas pudieron contenerlo.

No tenía ni idea de a qué se refería Dominic con lo de que la tía Pearl la tuviera atrapada en Westwick Corners, pero probablemente había algo de verdad. La tía Pearl solía recurrir a medidas drásticas cuando no se salía con la suya. ¿Pero matar a Merlinda para impedir que se fuera? De ningún modo. No podía imaginármela haciéndolo. Es lo típico que se lee en los titulares. La gente se desespera cuando el amor está en juego. Aunque la relación de la tía Pearl y Merlinda era más de mentora y protegida, la tía Pearl estaba muy unida a ella. De hecho, estaba obsesionada. Si Merlinda realmente pretendía abandonar la Escuela de Encanto Pearl para siempre, no dudaría que la tía Pearl hubiera decidido tomarse la justicia por su mano.

Como antigua alumna, lo sabía de primera mano.

¿Pero matar a Merlinda? Nunca.

—No seas ridículo —espetó la tía Pearl con una voz repentinamente tranquila—. Soy una persona razonable y nunca me interpondría en el camino de Merlinda. No era a mí a quien quería dejar.

Tyler entrecerró los ojos.

—¿Qué insinúas, Pearl?

La tía Pearl puso los ojos en blanco.

—Averígualo tú mismo, sheriff. Haz tu trabajo.

—Tía Pearl, responde a la pregunta de Tyler.

Su impertinente respuesta me pareció extraña. Un minuto antes estaba histérica.

—No he matado a nadie —dijo levantando el puño hacia Dominic—. ¿Por qué iba a matar a mi propia alumna? Los estudiantes muertos no son buena publicidad para la Escuela de Encanto Pearl. ¿Cómo iba a atraer más alumnos?

Yo también me lo pregunté pero no me atreví a decirlo en voz alta. Por lo que sabía, la tía Pearl no se anunciaba ni tenía sitio web. Todo era el boca a boca, que era como Merlinda había descubierto la escuela en primer lugar. Había viajado al otro lado del mundo para estudiar, solo para acabar con un destino fatídico.

Dominic luchó para liberarse de Tyler y de Brayden, pero lo sujetaban fuertemente por los brazos.

—Te diré por qué la has matado. Porque era mejor que tú. Merlinda me dijo que estabas celosa de su talento. No querías que saliera al mundo porque te eclipsaría y todos sabrían que era mejor. Admítelo.

Al menos no había dicho que era mejor bruja. Brayden sabía algo de nuestros talentos especiales. Creía que éramos chifladas de la nueva era, no brujas. Creía que nuestras hierbas, talismanes y pociones eran un extraño pasatiempo familiar e ignoraba lo que sucedía delante de sus narices. No tenía ni idea de que todo lo que hacía la tía Pearl era para diversión personal.

Tyler, por otra parte, conocía nuestros mágicos secretos. Además de la ceguera voluntaria de Brayden, Gail era la única que no tenía ni idea de que éramos brujas.

Y tenía que seguir así.

La tía Pearl resopló.

—¿Celosa? ¿Por qué iba a estar celosa? Todo lo que sabía Merlinda se lo enseñé yo.

—Pearl, no te pases con Dominic. Acaba de perder a Merlinda.

Mamá pasó un brazo por los hombros de la tía Pearl y la condujo fuera del recibidor, al salón. La tía Amber y yo las seguimos.

Mamá y la tía Amber se dejaron caer en el sofá, cada una a un lado de la tía Pearl como sus guardianas. Yo me quedé junto a la puerta, preparada para interceptar a la tía Pearl si salía corriendo hacia Dominic.

—Acabo de perder a mi protegida. ¿A nadie le importa cómo me siento? —La tía Pearl, roja de ira, le agarraba el brazo a la tía Amber—. ¿Qué tipo de profesora envenena a su propia alumna? Claramente, yo no.

La tía Amber levantó la mano.

—No digo que la envenenaras a propósito, Pearl. Solo te despistaste y escribiste mal el hechizo. Todos cometemos errores. Es fácil confundir el cardo mariano con el muérdago.

La tía Pearl frunció el ceño.

—Puede que tú te despistes, Amber. Yo no. Soy demasiado astuta para hacer algo así. ¿Cómo puedes sugerir algo así? Tenemos un asesino entre nosotros.

—No sabemos si ese es el caso —dije.

—La muerte de Merlinda parece sospechosa, pero solo el médico forense puede determinar la causa de la muerte. Lo único que podemos hacer es no contaminar las pruebas.

—¿Pruebas? —Mamá se estremeció—. No me gusta dónde va esto.

—Cen tiene razón —dijo la tía Amber—. Con esta tormenta habrá que esperar hasta que llegue el médico forense, así que tenemos que asegurarnos de que todo permanezca exactamente como está.

Al menos tenía que convencer a la tía Pearl de que dejara quieta la magia. Encubrir un error podía tener consecuencias nefastas.

—¿De verdad creéis que la he envenenado yo? —La tía Pearl miró a todos los rostros en busca de respuestas—. Creo que alguien intenta inculparme. Seguro que es el maldito sheriff Gates.

—No seas ridícula, tía Pearl —dije—. Él no ha tenido nada que ver con la muerte de Merlinda. No ha estado cerca de ella en ningún momento.

Tyler había llegado tarde y se había sentado a mi lado. No lo había perdido de vista en ningún momento.

La tía Amber y mamá intercambiaron miradas de preocupación. Sabía lo que estaban pensando. Teníamos que hacer algo antes de que Pearl tomara medidas drásticas.

Ya hubiera sido un accidente o un crimen premeditado, la tía Pearl era una sospechosa poco probable. Era muy perfeccionista y casi nunca cometía errores. Rara vez se equivocaba con los hechizos, mucho menos con un simple té de hierbas.

Sin embargo, todos habíamos cenado lo mismo, con la única diferencia de que Merlinda había bebido el té de la tía Pearl.

No obstante, la tía Pearl tenía mucho que perder con un simple error. La reputación de su escuela, para empezar. Como si me leyera la mente, la tía Pearl dijo:

—Esto no ha sido ningún accidente. Y no había nada de malo en mi té.

La tía Amber señaló el papel.

—Pero en la receta pone muérdago, justo aquí…

La tía Pearl le arrebató la receta a la tía Amber.

—¡Déjalo, Amber! Lo escribí mal a propósito como salvaguarda para que nadie me robara la receta!

—Admite que te has equivocado, Pearl.

La tía Amber intentó recuperar el papel pero la tía Pearl lo rompió en pedazos.

La tía Amber puso los ojos en blanco.

—Ahora estás destruyendo las pruebas. Eso no te ayuda, analizarán el té.

—¡Esto es ridículo! Nunca cometería un error como ese. Lo demostraré.

La tía Pearl cogió la taza de Merlinda de la mesa de café y se bebió todo lo que quedaba. La taza se tambaleó cuando la dejó caer sobre el plato.

—¿Lo ves? Es totalmente inofensivo.

Jadeé.

—Te acabas de beber las pruebas.

—Y de paso te has envenenado a ti misma, tonta —añadió la tía Amber—. Espero que podamos salvarte a tiempo, ya que este tipo de veneno no es instantáneo. ¿Cuánto hace que se lo bebió Merlinda?

—No lo sé —la tía Pearl se volvió hacia mí—. Fue cuando Cen estaba en la bola de nieve. ¿Hará un par de horas? ¿Cuánto tiempo lleva envenenar a alguien?

CAPÍTULO 15

Volvimos al recibidor para ver qué estaban haciendo los hombres. Era difícil moverse entre ellos. Dominic estaba arrodillado junto a Merlinda, y Tyler estaba agachado al otro lado. El resto nos apiñábamos a su alrededor.

Miré por todo el recibidor y me di cuenta de que faltaba alguien.

—¿Dónde está Earl?

—Creía que estaba en el salón con vosotras —dijo Brayden.

—No.

Normalmente Earl no se apartaba del lado de la tía Pearl. Recordé lo del veneno para ratas y supuse que habría vuelto a la cocina para volver a comprobar el medidor de mamá. Pero el veneno para ratas no explicaría por qué solo había afectado a Merlinda. No era la única que había comido pastel navideño. Puede que la reacción de Merlinda no estuviera provocada por el pastel navideño.

Crucé la mirada con Tyler.

—Cen, asegúrate de que nadie toca nada. Tengo que hacer una llamada.

Asentí y observé a Tyler yendo hacia el salón. Era más fácil de decir que de hacer.

La tía Amber nos apartó a mamá y a mí y le tocó el hombro a Dominic.

—Quita y déjame ver. Puedo decir instantáneamente si Merlinda ha sido envenenada con muérdago.

Dominic la echó con un gesto de mano.

—No te atrevas a tocarla. No eres forense. Esperaremos hasta que llegue ese hombre.

—¿Asumes que el forense es un hombre? —preguntó la tía Amber—. Nuestro médico forense es una mujer. ¿Por qué asumes lo contrario?

—Porque… médico forense. Claro que es un hombre. A las mujeres no se les dan bien ese tipo de cosas —dijo Dominic.

—Lo quieres decir es que no te gusta que las mujeres hagan bien las cosas, ¿verdad, Dominic? —La tía Pearl entornó los ojos—. Seguro que no te gustaba que Merlinda te eclipsara. Tampoco eres capaz de aceptar que soy una experta en mi campo. Aunque eso signifique que puedo descubrir lo que le ha pasado a tu esposa.

La tía Amber era feminista, herbolaria y bruja en ese orden. También tenía una gran fuerza a tener en cuanta en las pocas ocasiones en las que perdía los estribos. Esta era una de esas veces.

Dominic se puso de pie para desafiar a la tía Amber. Él tenía que decir la última palabra.

—Me gusta que las mujeres se queden en su sitio, cocinando y limpiando. Excepto, evidentemente, cuando no cocinan bien.

—Te estás balanceando en la cuerda floja —advirtió la tía Amber—. Ruby cocina muy bien.

—Un momento…

Mamá dio un paso hacia adelante pero era demasiado tarde.

—¡Eh! ¿Qué demonios?

Dominic quiso abalanzarse sobre la tía Amber cuando ella lo empujó para apartarlo del cuerpo de Merlinda y lo lanzó hacia la puerta con una mano. Él se tambaleó hacia detrás antes de atravesar la puerta y caer en el salón.

A juzgar por la expresión perpleja de Dominic estaba claramente desconcertado por cómo la delgada tía Amber había podido con él.

—¿Cómo has hecho eso?

—¿Quieres saberlo? Resulta que soy muy buena en mi trabajo.

Sacudió las manos como si se estuviera limpiando de los restos de Dominic. Su tarea de repartir justicia ante Dominic estaba completa. Se arrodilló junto a Merlinda. Estudió su rostro con cuidado de no tocarla. Se inclinó e inhaló cerca de la boca de Merlinda.

Mamá se interpuso entre Dominic y la tía Amber, preparada para actuar. Tenía poderes para detener a Dominic, aunque era reacia a usarlos. Era obvio por su expresión.

—Tendrías que haberlo visto venir, Dominic —dijo la tía Pearl entornando los ojos—. Ahora veo a qué se refería Merlinda.

—Es un farol. Merlinda no te dijo nada sobre mí. —Dominic parecía asustado—. ¿Verdad que no?

La tía Pearl se llevó un dedo a la boca.

—Mis labios están sellados. Nunca traicionaré su confianza. Merlinda me contó todo lo que tramabas, así que no intentes hacerte el listo.

Dominic enrojeció. Abrió la boca pero se lo pensó mejor y la cerró sin mediar palabra.

La tía Amber levantó la vista con el rostro lleno de preocupación.

—Definitivamente Merlinda fue envenenada.

Tyler terminó su llamada y se guardó el móvil volviendo al recibidor.

—Muy bien. Todos fuera de aquí, al salón. Menos tú, Brayden. Tenemos que mover a Merlinda, meterla en el estudio y cerrar la puerta hasta que llegue el forense.

Brayden asintió, aunque parecía mareado y reacio a tocar el cuerpo de Merlinda sin vida.

Dominic protestó, pero Brayden lo hizo callar con su estilo contundente y agresivo.

—Tyler tiene razón, Dominic. No podemos dejar a Merlinda aquí en el recibidor. Tenemos que moverla.

La abuela Vi levitaba junto a Brayden. Claro que solo podíamos oírla las brujas, pero de todos modos dijo:

—Cualquier bruja digna de serlo puede entrar en una habitación cerrada. Y aquí somos bastantes.

Eso era exactamente lo que me temía.

CAPÍTULO 16

Seguí a mamá, a Gail y al resto hacia el salón mientras Dominic se sentaba con la espalda contra la pared justo al lado de la puerta. Ni siquiera se había molestado en levantarse, temeroso de que la tía Amber lo volviera a atacar. Su mirada vagaba entre la tía Amber en el salón y Tyler y Brayden en el recibidor. Los dos hombres seguían elaborando estrategias para encontrar el mejor modo de trasladar el cuerpo sin vida de Merlinda al estudio.

En parte sentía pena por Dominic, pero también me parecía sospechoso. No solo porque su visita sorpresa a Westwick Corners hubiera coincidido con la repentina muerte de su joven esposa. La boda secreta también tenía algo raro. Tal vez esperaba ganar, financieramente o de otro modo, con la muerte de Merlinda. Independientemente de las circunstancias, tenía que dar muchas explicaciones.

Estaba segura de que el dolor de Dominic era genuino. Se giró y miró por encima del hombro hacia el pasillo. En unos segundos estalló en llanto. Todo su cuerpo se sacudía mientras sollozaba descontrolado.

—Que alguien lo pare —se quejó la abuela Vi—. Parece que estemos en una telenovela de las malas.

—No puedo creer que todo esto me esté pasando a mí. Tendría que haberme quedado en casa.

Gail se sentó en el brazo de mi sillón, aunque había espacio de sobre en los sofás.

Yo también deseaba que se hubiera quedado en casa, pero decirlo en voz alta solo la enfurecería.

El comentario de Gail era terriblemente egoísta teniendo en cuenta que alguien acababa de morir. Brayden se las había apañado para encontrar a una persona tan egocéntrica como él. Por otra parte, Gail nunca habría esperado pasar la Nochebuena con su novio en casa de su ex prometida.

Me preguntaba qué pensaría Gail de mi excéntrica familia. Y de mí. Brayden probablemente le hubiera contado que estábamos todas locas. ¿Y por qué me importaba lo que pensara Gail? En parte quería que Gail se arrepintiera de haber aceptado la sospechosa invitación de la tía Pearl en el último momento. Pero, egocéntrica o no, había creado la situación en la que se encontraba.

Miré a mi lado, sorprendida por lo que vi. Mientras el resto de nosotros permanecíamos en silencio, Gail rebuscaba en su gigantesco bolso. Alternaba entre limarse las uñas y revisar su móvil. Al parecer, una muerte repentina no era suficiente para atraer su atención.

La luz combinada del móvil de Gail y del extraño resplandor de los candelabros acentuaba las sombras en las paredes, lo que volvía el ambiente aún más inquietante.

La tía Pearl rompió el silencio.

—¿Por qué siempre me culpan de todo? Os aseguro que no había nada malo en mi té. Creedme, cuando enveneno a alguien, actúa rápido. Así —escenificó con un chasquido de dedos.

—¿Qué quieres decir cuando envenenas a alguien? ¿Lo has hecho antes?

Como ejecutiva de la AIAB la tía Amber estaba obligada a reportar de cualquier infracción mágica, y la tía Pearl era consciente de ello. Estaba jugando a un juego peligroso, uno en el que todos podíamos pagar por sus imprudentes afirmaciones.

—No se refería a...

La voz de mamá se cortó cuando caló la gravedad de las palabras de Pearl.

—Claro que me refería a eso —espetó la tía Pearl—. No voy a entrar en detalles, pero digamos que si te interpones en mi camino lo pagarás más pronto que tarde.

La tía Pearl seguía negando por completo todo, desde la repentina muerte de Merlinda que un posible error en su té hubiera tenido algo que ver. Aun así insinuaba que mataría a quien se interpusiera en su camino.

—Mientes. No envenenarías a alguien a propósito.

Miré hacia el recibidor. Brayden hacía guardia junto a Merlinda, pero no veía a Tyler. Daba igual.

Los comentarios incriminatorios de la tía Pearl lo obligarían a investigarla y desviarían las cosas.

—Depende.

Suspiré.

—No sé por qué intentas distraernos de la tragedia que acaba de pasar. Acéptalo, tía Peral. Has cometido un error. Todos los cometemos a veces. Es mejor para todos que lo reconozcas.

La tía Pearl se levantó y se cruzó de brazos.

—Me niego a responder a algo que podría incriminarme. No voy a divulgar mis secretos. Y eso incluye mi receta secreta de té. Sobre el veneno… no tenéis nada de lo que preocuparos.

—¿Qué receta secreta? —Señaló el pedazo de papel—. Tengo una copia justo aquí. La he encontrado en el mostrador de la cocina.

—¿Qué? No, no lo has hecho. —La tía Pearl se sacó un papel arrugado del sujetador. Suspiró, visiblemente aliviada—. Era otra receta señuelo. Siempre modifico los ingredientes por si cae en manos del enemigo.

Le arrebató el papel a la tía Amber.

—Por el amor de dios, Pearl. Confiesa, has cometido un error. —La tía Amber señaló el recibidor—. Admítelo antes de que Tyler se salga por la tangente pensando que ha habido un asesinato. Y no le digas a nadie más que tienes la costumbre de envenenar a la gente a propósito.

—Yo no he envenené a Merlinda. Y te vuelvo a repetir, que mi té estaba perfecto. Yo misma lo he bebido y estoy perfectamente bien —insistió con la voz temblorosa.

—No, no lo estás. Te tiemblan los dientes. —La tía Amber frunció el ceño—. No sé por qué estás tratando de desviar la atención, pero es una falta de respeto hacia Merlinda. ¿No quieres que el sheriff llegue al fondo de esto? Cree que hay algo sospechoso en su muerte. Estás convirtiendo un trágico accidente en una investigación de asesinato.

—No estoy haciendo tal cosa —espetó la tía Pearl—. El sheriff Gates no podría encontrar a un asesino ni en el corredor de la muerte. Dejad de culparme y centraos en encontrar al verdadero asesino de Merlinda. Sabemos que el sheriff no lo hará.

—No hables así de Tyler —susurré—. Y baja la voz. No pienso formar parte la conspiración que estés tramando.

—Cen tiene razón, Pearl —intervino mamá—. Tyler es un sheriff maravilloso. No te pongas en el bando contrario. Admite el error.

—Madre mía del amor hermoso, Ruby. No había nada de malo en mi té. El sheriff Gates está fuera para incriminarme. Puede que él matara a Merlinda.

Me acerqué a la tía Pearl y sujeté el candelabro frente a su rostro. Estaba pálida y una fina capa de sudor le cubría la frente. Incluso en la tenue luz se le veían las pupilas dilatadas.

Dudaba que la luz de las velas fuera suficiente para dilatar las pupilas de una mujer de setenta años, pero las suyas se veían muy grandes. Puede que se debiera a toda la emoción y la conmoción por la muerte de Merlinda. O puede que sus ojos hubieran reaccionado a algo peor, como el veneno.

Me acerqué todavía más.

—¿Seguro que estás bien, tía Pearl? No tienes buena cara.

La tía Pearl levantó la mano y se cubrió los ojos.

—Por el amor de dios, Cen, apártame esa luz de la cara. Y deja de bombardearme a preguntas. Este interrogatorio es innecesario. ¿Qué será lo próximo? ¿Tortura?

Abrí la boca para responder pero me contuve. Al menos seguía manteniendo su humor irritante. Eso era buena señal, y no quería antagonizarla todavía más. Pero parecía muy temblorosa. Dejé el candelabro sobre la mesa de café.

—Mamá, ven a ayudarme.

—Oh… de repente me siento muy cansada. Necesito sentarme.

La mano de la tía Pearl tembló y se tocó la frente. Mamá y yo nos dirigimos hacia la tía Pearl y la condujimos hasta el sofá. Las piernas le temblaron y se dejó caer sobre el asiento. Se agarró la barriga y se deslizó lentamente hasta tumbarse.

—No me encuentro muy bien.

De repente la habitación se iluminó, pero no había vuelto la luz.

Era obra de Merlinda. Aunque ella ya no estaba, su bola de nieve tropical todavía brillaba. Se encendió y proyectó una luz feérica por todo el salón. Era —o había sido— una bruja tan poderosa que sus poderes permanecían incluso después de su muerte.

Lo que era raro. Espeluznante, de hecho. Era un testimonio de los poderes sobrenaturales de Merlinda. Sin embargo, a pesar de su fuerza, había sido vencida.

—¿Cen? —gruñó la tía Pearl sentándose—. ¿Cuánto tiempo lleva envenenarse? Tú eres experta en estas cosas.

No habría podido responder aunque hubiera querido. Me había quedado sin palabras, intoxicada por la bola de Merlinda que brillaba cada vez más. Palpitaba con la luz y parecía cobrar vida propia. Era hermoso.

Mis celos hacia Merlinda me parecieron inapropiados. Todos estos meses podía haberme hecho su amiga. Había estado sola en un país extraño, lejos de su familia y amigos. Y yo la había rechazado deliberadamente cuando podía haberla protegido. Era demasiado tarde para eso y lamenté haber sido tan mezquina.

—No sé nada de envenenamientos —dije mirando a la tía Pearl—. No te atrevas a intentar echarme la culpa.

—Relájate, Cen. —La tía Pearl suspiró profundamente—. Todo el mundo sabe que eres una bruja patética y que no podrías envenenar a una pulga aunque tu vida dependiera de ello. Simplemente había pensado que, con tu experiencia como periodista, sabrías algo de envenenamiento en general. Estaba probando tus conocimientos y, para tu información, has fracasado estrepitosamente.

La tía Pearl parecía haberse recuperado completamente de cualquier calamidad que hubiera sufrido unos instantes antes. Puede que hubiera fingido.

—Centrémonos de nuevo en Merlinda. —Me volví hacia la tía Amber—. ¿Puedes hacer que coopere?

La tía Amber se encogió de hombros como para absolverse de cualquier responsabilidad sobre su hermana. Temía más provocar la ira de Pearl. Señaló la taza vacía.

—Es un poco tarde para eso.

—Estás exagerando, Cen, como de costumbre. Haré un hechizo de retroceso. Merlinda volverá, nadie comerá ni beberá nada más y todo irá bien

—No digas ridiculeces —dijo al tía Amber—. No puedes hacer un hechizo de retroceso sobre ti misma.

—De acuerdo, Amber. Crees que lo sabes todo, pues hazlo tú. —La tía Pearl la miró desafiante y levantó los brazos en señal de rendición —. Rebobíname.

Miré hacia el recibidor justo cuando Tyler reapareció por la puerta. Durante nuestra acalorada discusión él y Brayden habían trasladado a Merlinda. Aunque no veía a Brayden.

Tyler esquivó a Dominic cuando entró al salón.

—Nadie va a rebobinar nada.

La tía Amber se sorbió la nariz.

—Tiene razón, Pearl. No queremos encubrir el accidente.

—¡Vuelvo a repetir que no ha sido ningún accidente! —Gritó la tía Pearl sin ningún signo de encontrarse mal—. ¡No me estáis escuchando!

Dominic frunció el ceño. Se puso de pie y salió del salón hacia el recibidor.

Earl todavía no había vuelto. Tyler había ordenado que nos quedáramos todos en el salón, pero eso había sido después de que Earl desapareciera.

Brayden tampoco estaba en el recibidor, pero supuse que estaría indispuesto tras haberse visto obligado a ayudar a Tyler. Por otra parte, era extraño que no estuviera sentado en el sofá con Gail tratando de ponerme celosa o algo por el estilo.

La tía Amber frunció el ceño.

—Otra cosa más, Pearl. Si Merlinda fue asesinada como sostienes, ¿cómo podrías hacer un hechizo de retroceso? No conoces suficientes detalles para rebobinar. ¿Hay algo que no nos estés contando?

—¿De qué estáis hablando? —preguntó Gail levantando la vista de sus uñas.

Todos la ignoramos.

La tía Pearl pataleó y frunció el ceño.

—No cambies de tema, Amber. Otra vez, estoy absolutamente segura de que no había ningún problema con mi té. Ha sido un asesinato.

—Eso lo juzgaré yo.

Tyler recogió la tacita con la mano enguantada y lo guardó en una bolsita de plástico.

—Arréstame y lo pagarás, sheriff Gates.

Tyler puso los ojos en blanco.

—Pearl, nunca sabes cuándo parar.

—¿Por qué no te vas del pueblo, sheriff? Aquí no te necesitamos.

Tyler le guiñó el ojo.

—Creo que sí que me necesitas, Pearl. Te mantengo alejada de los problemas.

—Nadie me mantiene alejada de los problemas. Y menos tú, sheriff. Estoy metida en muchas cosas que no sabes. No te atribuyas un mérito que no te mereces.

—Tía Pearl, deja de discutir…

Me interrumpió la llegada de Earl.

—He encontrado mi medidor —dijo desde el marco de la puerta.

Tenía el rostro colorado y estaba sudando. Llevaba el traje de Santa medio desabrochado, revelando la camisa de cuadros que llevaba debajo. Tanto su camisa como el traje estaban cubiertos de un polvo blanco.

—Es casi igual que el de Ruby, pero el que usé para el veneno tenía un trocito roto.

—¡No! Es el medido que usé. Ahora me acuerdo.

Mamá salto del sofá y gritó mientras corría hacia el comedor.

El corazón me iba a toda máquina cuando corrí tras mamá.

Miré la mesa del comedor. La fuente del pastel navideño estaba vacía. No quedaba ni una miga. Pero había algo en su lugar.

Dos ratones muertos.

—¡Madre mía! —gritó mamá—. ¡Vamos a morir todos!

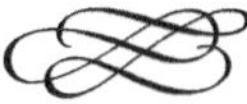

CAPÍTULO 17

Le pasé el brazo por los hombros a mamá y le di un apretón para consolarla.

—Puede que los ratones se hubieran envenenado con la trampa de Earl antes de saltar a la mesa. —Me volví hacia Earl e hice la pregunta obvia—. ¿Estaban ya en la fuente o los has puesto tú?

—Claro que no los he puesto yo. ¿Por qué iba hacerlo? —Earl se secó el sudor de la frente—. He ido a cambiarme el estúpido disfraz de Santa porque da mucho calor y he visto a los ratones en la mesa.

—¿Cómo te has tirado toda la harina por encima? —la tía Amber entornó los ojos mirando sospechosamente a Earl. Una fina capa de polvo blanco cubría la mitad superior de su disfraz—. ¿Te has vuelto a equivocar con el veneno para ratas?

Earl negó con la cabeza y levantó las manos en señal de protesta.

—No... eso no es lo que ha pasado. Pero tenía que saber si Ruby había confundido su medidor con el mío. No paraba de comerme la cabeza y no podía soportarlo, así que ha vuelto a la cocina para comprobarlo.

—¿Y cómo se hace una prueba de toxicología en un medidor vacío? —preguntó la tía Amber.

—No he dicho que fuera científico ni nada de eso. —Earl bajó la mirada a la hebilla del cinturón de su disfraz—. Pero había una manera de saber si era veneno para ratas.

—¿Cómo?

—Llené el medidor vacío con agua. No hubo reacción, así que supe que solo había harina en el medidor de Ruby. —Frunció el ceño cuando se dio cuenta de que no le entendíamos—. Mi veneno para ratas casero hace burbujas si añades agua.

—¿Preparas tu propio veneno?

Me estremecí pensando que el veneno casero era algo que haría la tía Pearl. Puede que al fin y al cabo no fueran tan diferentes. Me pregunté cuántas recetas mortales más habría en casa.

Earl puso los ojos en blanco.

—Claro que lo preparo yo. Soy granjero, así que improviso. Usé harina, azúcar, bicarbonato de sodio y un poco de mantequilla de cacahuete. Ah… y una pequeña cantidad de Warfarina.

Fruncí el ceño.

—¿Anticoagulante?

Earl asintió.

—Una pequeña dosis es tóxica para los roedores. La cantidad que usé es inofensiva para los humanos, igual que el resto de los ingredientes. La mantequilla de cacahuete, la harina y el azúcar atraen a los ratones y el bicarbonato y la Warfarina los matan dándoles gases y úlceras. Las personas pueden tirarse pedos pero los ratones y las ratas no. Esa cantidad de gas es fatal para ellos. La Warfarina solo es un extra. Es como magia —concluyó Earl chasqueando los dedos.

—¿Así que, después de todo, mi pastel no era venenoso?

—No, a menos que seas un roedor incapaz de eliminar los gases.

Mamá junto las palmas de las manos como si rezara.

—Gracias a dios no he matado a nadie.

Me encogí de hombro.

—Supongo que hemos vuelto a la casilla de salida.

La tía Pearl me miró.

—Tu té.

Solo bromeaba a medias, porque el orgullo herido de la tía Pearl a menudo conllevaba acciones drásticas. A juzgar por lo que habían contado del culto cargo y mi propia experiencia con la bola de nieve, Merlinda era mejor bruja que la tía Pearl. Al fin y al cabo, había engañado a toda una isla del Pacífico Sur con su brujería. Una tarea difícil incluso para las brujas más expertas.

Eché un vistazo a la bola de nieve. Parecía brillar aún más que los instantes anteriores.

—Gracias por nada, Earl —soltó la tía Pearl—. Creía que tú y yo teníamos algo especial.

—Claro que lo tenemos, Pearl —contestó Earl—. Pero todos cometemos errores de vez en cuando. Yo cometo muchos, por eso lo he comprobado dos veces, para asegurarme de que no me había liado con los ingredientes y había contaminado el pastel de Ruby usando el mismo medidor. Yo mismo lo he probado para asegurarme. Cualquiera puede equivocarse. Si crees que has envenenado a Merlinda accidentalmente deberías decirlo.

Mamá asintió.

—Sé que es difícil admitir los errores, pero todos los cometemos. Incluso mi perfeccionista hermana.

La tía Pearl enterró la cabeza entre las manos.

—Ya no lo sé. Siempre llevo mucho cuidado, pero con todo este lío puede que haya confundido algunos ingredientes.

La tía Pearl siempre lo cuidaba todo al detalle. Era difícil imaginar que pudiera haber cometido un error, aunque lo admitiera. Los cardos y el muérdago son totalmente diferentes en apariencia. Cualquier cambio en su té debería ser deliberado, no accidental.

Por otra parte, estaba enamorada y últimamente estaba mucho más distraída. También se estaba haciendo mayor. Puede que unas pequeñas pérdidas de memoria fueran inevitables. Recordé mi accidente con la bola de nieve. La tía Pearl podía ser mezquina, pero nunca me dejaría fuera para que muriera de frío. Y menos delante de otras personas. No, siempre aplicaba su justicia en privado.

¿Había llevado las cosas demasiado lejos con Merlinda? La mayoría de los maestros se alegraban de los logros de sus alumnos, aunque eclipsaran al profesor. ¿Aceptaría eso?

Claro que no.

Volví a mirar la bola tropical de Merlinda. Contra todo pronóstico, la bola brillaba todavía más, y latía con energía. Era una magia muy poderosa.

CAPÍTULO 18

Aparté la mirada de la bola y volví a fijarme en la tía Pearl. La constante mención de la tía Amber al muérdago era irritante, pero la tía Pearl tenía que reconocer sus errores.

Su té no podía descartarse hasta que se realizara una prueba de toxinas. Sospechaba que había agregado muérdago en vez de cargo accidentalmente. En el fondo quería que la tía Pearl se diera cuenta de que nadie es perfecto. Ni siquiera ella.

Sin embargo, sacar conclusiones sobre el té de la tía Pearl, el pastel de mamá, o cualquier otra cosa, podía llevar la investigación en la dirección equivocada. Era el momento de arreglar las cosas.

Dominic apareció en la puerta del salón, con las botas y la chaqueta en la mano.

La tía Amber jadeó.

—No puedes irte.

—No podéis obligarme a quedarme. Alguien acaba de matar a mi esposa y el sheriff no va a hacer nada al respecto. No me deja acercarme a ella, pero deja que un asesino ande libre.

Dominic se puso la manga de la chaqueta y volvió al recibidor.

—No pienso esperar a que el asesino acabe con nosotros uno a uno.

—Tyler está limitado aquí, Dominic —le dije—. No puede investigar un incidente en el que está directamente involucrado. Es un conflicto de intereses. Tendrá que ceder la investigación a la policía de Shady Creek, pero antes de eso, al menos debe mantener la escena del crimen. Eso significa que nadie se marcha.

Mamá suspiró.

—Cen tiene razón. Tyler, quiero decir, el sheriff Gates, sabe qué es lo mejor. Pase lo que pase, no puedes irte en medio de la tormenta. Morirás de frío.

Dominic se abrochó la chaqueta.

—Prefiero arriesgarme fuera que quedarme aquí.

La tía Pearl negó con la cabeza.

—No, tienes que quedarte. Nadie está en peligro porque no hay asesino. La muerte de Merlinda ha sido un accidente. Pearl la ha liado con su té mortal.

—Deja de acusarme de asesinato, Amber —espetó la tía Pearl—. ¿Por qué iba a hacerle daño a Merlinda?

—No he dicho que haya sido intencionado, Pearl. —La tía Amber parecía incómoda—. ¿Quién sabe? Puede que haya sido tu té o puede que el pastel de Ruby. Algo ha matado a Merlinda y todos sabemos que ha sido un terrible accidente. Aunque no hay ningún asesino.

—Sed realistas —resopló Dominic—. El asesino está en está habitación. Estoy consiguiendo refuerzos.

—¿Refuerzos de quién? —preguntó mamá—. No se puede llegar a Shady Creek con todas las carreteras cerradas. Y tenemos la suerte de tener aquí al sheriff Gates para mantenernos a salvo.

—Más bien la desgracia —murmuró la tía Pearl entre dientes.

Brayden soltó un gruñido en el que no ocultaba su disgusto y falta de confianza en Tyler. Lo habría despedido en ese mismo instante si hubiera podido. Pero encontrar un sustituto era prácticamente imposible, y despedirlo volvería a Brayden un alcalde impopular. Nadie más en su sano juicio quería ser agente de la ley en Westwick Corners.

—Creemos que es el pastel navideño, Dominic. ¿Tú también has comido, verdad? —pregunté mostrándome preocupada.

—Pero acabas de decir que el pastel… —Los ojos de mamá iba de la tía Amber a mí.

La tía Amber asintió.

—Cen tiene razón, Dominic. Has comido mucho pastel. No puedes salir solo hasta que lo analicemos. Si te marchas y te encuentras mal como Merlinda, no habrá nadie que pueda ayudarte.

Aunque habíamos descartado el pastel, Dominic no lo sabía. No estaba en el salón cuando Earl ha confirmado que los ingredientes de su veneno para ratas son inofensivos en los humanos.

Arrugó la nariz.

—No me preocupa.

—¿Por qué no, Dominic? —La tía Pearl lo señaló con un dedo huesudo—. ¿Es porque tú has matado a Merlinda? Seguro que ha sido ese extraño polvo verde que has echado sobre las patatas de Merlinda.

Tyler negó.

—No, he encontrado el frasco. Esa cosa verde solo es un suplemento alimenticio saludable.

—Nadie te ha preguntado —espetó la tía Pearl.

—Yo nunca le haría daño a Merlinda —protestó Dominic—. La amaba.

—¿Entonces por qué tienes tanta prisa de dejar a tu esposa? —preguntó la tía Amber.

Los maridos inocentes normalmente no estaban impacientes por abandonar a sus esposas fallecidas como si se deshicieran del equipaje. Sus acciones no cuadraban con sus palabras.

Tyler dio un paso hacia Dominic y le bloqueó el paso.

—Nadie sale de aquí hasta que aclaremos esto. Eso te incluye.

—Pero… —intentó objetar Dominic.

—Salir es peligroso —continuó Tyler señalando la ventana con la cabeza—. Sé que estar todos atrapados aquí hasta que amaine la tormenta no es una situación ideal. Lo más pronto que va a llegar la forense de Shady Creek es mañana por la mañana. Hasta que llegue nos quedaremos aquí.

—Tyler tiene razón, Dominic —dijo mamá mirando por la ventana

—. Fíjate, hay tanta nieve que no se puede ni andar, mucho menos conducir.

El viento había esculpido enormes ventisqueros que hacían imposible incluso salir del aparcamiento. El Escalade abandonado de Dominic seguía en medio de la entrada bajo un gigantesco montículo de nieve. Puede que la pereza no fuera la razón por la que no había llegado hasta el aparcamiento, puede que tuviera pensada la huida desde el principio.

Tyler le puso una mano en el hombro y lo llevó hasta el sofá.

—Si yo fuera tú me sentaría y hablaría para poder resolver esto todos juntos. Quiero saberlo todo sobre Merlinda, incluyendo sus problemas familiares en su casa. Te interesa cooperar porque las cosas no pintan bien para ti ahora mismo.

—¿Soy sospechoso? —Dominic no se sentó. Se quedó de pie al lado del sofá con los brazos cruzados—. ¿O estoy bajo arresto?

Tyler se frotó la barbilla antes de responderle a Dominic.

—Todos somos sospechosos hasta que tengamos más respuestas. Como marido eres el sospechoso número uno hasta que se demuestre lo contrario. Te arrestaré si intentas irte, Dominic, así que ni te molestes.

—Lo sabía —murmuró la tía Pearl por lo bajo.

Tyler en realidad no había dicho nada a nadie. Incluso había sido discreto conmigo, con quien normalmente compartía detalles de las investigaciones. Se me formó un nudo en la garganta cuando me di cuenta de que esta vez era parte del caso y probablemente sospechosa, al igual que el resto de mi familia. No había nadie descartado. Tyler no podía compartir sus teorías conmigo aunque quisiera.

Gail sonrió sarcásticamente.

—No puedes descansar, Tyler. Estás hasta arriba de trabajo. ¿Esperas a que llegue la policía de verdad?

Dominic fulminó a Gail con la mirada.

—Perdona, ¿Merlinda acaba de morir y tú te dedicas a hacer gracietas? ¿Qué clase de persona eres?

—Al parecer no una asesina como tú —respondió amargamente—.

Seguro que contrataste un gran seguro de vida para tu mujer antes de matarla.

Brayden se tapó los oídos como un niño pequeño.

—¡Parad todos ya! Me estáis dando migraña. Haced lo que dice Tyler.

Brayden se había presentado a alcalde porque le gustaba estar al mando. Una lástima que se le diera tan mal. Evitaba a toda costa los conflictos. Esperaba que eso lo hiciera Tyler en calidad de sheriff, todo el trabajo duro para él. Brayden siempre se llevaba el mérito, pero cuando las cosas se volvían feas, toda la culpa era de Tyler.

No estaba segura de qué me sorprendía más: si el hecho de que Brayden estallara o que se pusiera del lado de Tyler.

Gail lo miró con enfado.

—No me des órdenes, Brayden.

Brayden suspiró profundamente.

—No le estaba dando órdenes a nadie. No importa. Escucha al sheriff.

—Sheriff, eres un idiota. —Dominic señaló a la tía Pearl—. Ha sido su extraño té. ¿Y si esa vieja loca envenena a alguien más?

—Nos aseguraremos de que nadie más beba té. Es sencillo.

La tía Pearl temblaba mientras maldecía por lo bajo. Su ira era visible incluso a la luz de las velas.

—Ya estaríais todos muertos si hubiera querido envenenaros.

Brayden se volvió hacia Dominic.

—Ves demasiadas series de crímenes. Pearl no sería capaz de algo así.

La tía Pearl levantó el puño.

—¡No me digas de lo que soy capaz! Podría mataros a todos sin levantar ni un dedo.

—¡Pearl! —jadeó mamá—. No hables así.

Se me ocurrió que el veneno era el arma preferida de las señoras mayores. Me guardé ese pensamiento para mí misma.

La tía se abalanzó sobre Dominic y le golpeó el pecho. Era bastante más alto que ella, así que sus puñetazos llegaban un poco más arriba de su estómago.

—¿Por qué has tenido que venir?

—Tú me has invitado, ¿recuerdas? Deja de pegarme.

Dominic agarró las huesudas muñecas de la tía Pearl y la sostuvo con fuerza.

—Solo te invité porque sabía que no podías venir. Merlinda había planeado volver a casa. Extendí la invitación sabiendo que no aparecerías. Pero lo hiciste.

—Es mi esposa, Pearl. No necesito tu invitación para venir a verla.

—¿No? Resulta que sé que Merlinda te había dicho que ya estaba volando a Vanuatu. Es un vuelo de diez horas así que, ¿por qué esperabas encontrarla aquí? No podías saber de antemano que iban a cancelar su vuelo.

—Claro que lo sabía. Comprobé el pronóstico del tiempo. No había posibilidades de que no estallara una tormenta. —Dominic sonaba poco convincente—. La ciencia siempre triunfa sobre la magia. Incluso me consiguió un vuelo bien barato a última hora.

La tía Pearl resopló.

—Mentiroso. Nadie consigue ofertas de vuelos a última hora en Nochebuena.

—La tormenta se pronosticó pocas horas antes de la partida de Merlinda —agregó mamá—. ¿Cómo podías saber que se quedaría atrapada aquí? Solo hay un vuelo diario a Vanuatu, y es el mismo avión en el que supuestamente viniste tú.

La tía Amber asintió.

—Hay algo en tu historia que no cuadra, Dominic. Debes haber llegado antes que hoy.

La ira de Dominic se desvaneció de repente. Se le aflojó el rostro y se le cayeron los párpados. Se tambaleó sobre sus piernas, se poyó contra la pared en busca de un apoyo momentáneo antes de caer hasta quedar sentado en el suelo.

La tía Amber sonrió.

—Uno menos.

Brayden saltó del sofá y se apresuró a ayudar a Dominic.

—¿Dominic? ¿Qué te pasa?

No hubo respuesta.

—¿Qué está pasando? —Gail siguió a Brayden y se inclinó sobre Dominic—. ¿Tú también estás enfermo?

Dominic asintió una vez antes de que le cayera la cabeza sobre el pecho.

La tía Amber repitió el hechizo y en pocos segundos Gail y Brayden estaban hechizados junto a Dominic. Los tres juntos apoyados contra la pared, con Gail entre los dos hombres. Los tres se habían derrumbado en un montón.

—¿Qué diablos...? —preguntó Tyler dándose la vuelta.

—Eres tan mala como la tía Pearl —dije mirando a nuestros tres invitados inconscientes.

—Puedes agradecérmelo después —dijo la tía Amber—. Son demasiada distracción. Tenemos que centrarlos en lo importante, el té de Pearl.

—¡Déjalo ya, Amber! —pataleó la tía Pearl—. ¡No seré acusada de un crimen que no he cometido!

Tyler negó con la cabeza.

—Vale, debemos tener una discusión honesta. No puedes simplemente hechizar a la gente, Amber. ¿Cómo sabremos qué es real y qué es magia?

—Por eso precisamente los he neutralizado —explicó la tía Amber—. He eliminado las variables para poder resolver el caso.

Tyler negó con la cabeza.

—Yo me ocuparé de resolver el caso. Mientras tanto, tenéis que dejar de entrometeros.

—Es tan asunto mío como tuyo, Tyler. No podemos exponer todos nuestros secretos de brujas ni arriesgarnos a que la unidad de Shady Creek se salga por la tangente solo porque encuentren cosas sobrenaturales que no se pueden explicar. Tenemos que eliminar la magia de la ecuación.

—Yo me encargaré de eso —dijo Tyler—. Pero mientras tanto, manteneos al margen. Despiértalos ya.

Me estremecí al pensar en Brayden descubriendo que había sido noqueado por un hechizo de la tía Amber. Sería un infierno. Sin duda encontraría algún modo de culpar también a Tyler.

—Piensa que los poderes de Merlinda pueden ser la razón por la que fue atacada en primer lugar —dijo la tía Pearl—. Probablemente uno de estos intrusos sea el asesino de Merlinda, no uno de nosotros. O tomas medidas o lo haré yo, sheriff. Antes de que alguien más termine muerto.

La tía Pearl ya no parecía afectada por el té. Su tono de piel azulado había desaparecido y se mantenía firmemente sobre sus pies.

—Relájate, Pearl —dijo mamá—. Eso también va por ti, Amber. Deja que el sheriff haga su trabajo.

Dominic, Gail y Brayden roncaban pacíficamente creando una cacofonía de silbidos y soplidos.

Todos nos habíamos olvidado de Earl. Se paró en la puerta con expresión perpleja en su rostro. Había cambiado su disfraz de Santa Claus por una camisa de franela y un mono.

—Pearl, ¿qué diablos está pasando? Me prometiste que nada de gracietas esta noche.

Earl se refería a la magia.

—No... prometí nada de gracietas contigo. —Observó nuestros rostros sorprendidos—. Meteos en vuestros asuntos.

—Estos son nuestros asuntos, tía Pearl.

Negué con la cabeza consternada. Los asuntos de la tía Pearl era el motivo por el que estábamos metidas en este lío, para empezar. Probablemente Merlinda todavía estaría entre nosotros si no fuera por la extraña cena de Nochebuena de la tía Pearl.

CAPÍTULO 19

Merlinda parecía casi olvidada. Tyler y la tía Amber discutían sobre las mejores técnicas de investigación mientras nuestros tres invitados roncaban en el suelo del salón.

Tyler intentó razonar con la tía Amber con un poco de psicología inversa.

—Tienes razón, Amber. Tenemos que incapacitar a nuestros sospechosos mientras resolvemos el caso.

La tía Amber sonrió.

—Hagámoslo entonces.

—Espera un minuto, sheriff —intervino la tía Pearl—. No puedes retenernos ni a Dominic ni a nadie contra nuestra voluntad. ¿Qué clase de agente de la ley eres? No nos has acusado de nada. Apenas nos has interrogado.

—La policía de Shady Creek lo hará —dijo Tyler—. Tengo que apartarme porque estaba aquí cuando murió Merlinda. Yo también soy parte del caso.

—Probablemente culpable —farfulló la tía Pearl entre dientes.

La tía Amber puso los ojos en blanco.

—Creo que ya sabemos quién le ha hecho esto a Merlinda, Pearl. Los accidentes pasan, y cuanto antes lo confieses…

—¡Deja de acusarme, Amber! Yo también he bebido del mismo té y no me ha pasado nada. —La tía Pearl se volvió hacia Tyler—. En cuanto a ti, sheriff, incluso si quisieras llevarnos al pueblo y encarcelarnos, no podrías. La cárcel de Westwick Corners es demasiado pequeña para albergar a más de dos personas. En eso no habías pensado ¿verdad, hijo?

Tyler ignoro el tono irrespetuoso de la tía Pearl y señaló a los que roncaban contra la pared.

—De momento no se van a ir a ninguna parte. Amber, ¿cuánto tiempo...?

—Estarán dormidos todo el tiempo que quieras —dijo la tía Amber—. Los despertaré cuando lo pidas.

—¿Qué diablos está pasando? —Earl arrugó la frente—. ¿También han bebido del té de Pearl?

La tía Pearl pataleó.

—¿Cuántas veces tengo que decirlo? No ha sido mi té. No tengo ni idea de cómo llegó esa receta a mi bolsillo. Lo mismo ocurre con la copia que encontró Amber en la cocina. Alguien trata de incriminarme. No me equivoqué con los ingredientes, da igual lo que diga Amber.

—Es tu letra, Pearl. La reconocería en cualquier parte. —La tía Amber le puso el papel a la tía Pearl delante de las narices—. Admítelo. Has cometido un error.

—Es una falsificación, Amber. ¿Cómo te atreves a acusarme de...?

—¡Dejad de discutir las dos! —Mamá se interpuso entre sus hermanas y las separó—. Me alegro de que no hubiera nada malo con el té de Pearl. Eso hace que sea aún más importante llegar hasta el fondo de las cosas. Tenemos que descubrir lo que le ha pasado a la pobre Merlinda. Y no llegaremos a ningún lado discutiendo entre nosotras.

La tía Pearl y la tía Amber dieron un paso hacia detrás y miraron sorprendidas a mamá. Me sentí orgullosa de ver a mamá haciendo frente al fuerte carácter de sus dos hermanas.

Un fuerte ronquido rompió el silencio.

Fue más un resoplido.

Dominic abrió un ojo momentáneamente antes de volverse a dormir.

La tía Amber se rio de otro fuerte ronquido.

Esta vez vino de Brayden.

Bostecé, sintiendo sueño de repente. Por primera vez, noté que todos estábamos letárgicos, con los párpados abiertos luchando contra la necesidad de dormir. Mis pensamientos vagaban en un momento en el que debería haber prestado plena atención. ¿A mí también me habían hechizado?

Me froté la cabeza y me volví hacia la tía Pearl.

—Tenemos que resolver esto antes de que despierten.

—Pues habla con ese sheriff novio tuyo. ¿Tenemos que hacer su trabajo? —preguntó la tía Pearl.

Miré a Tyler. Se agachó en el pasillo y cogió algo con la mano enguantada.

Me volví de nuevo hacia la tía Pearl.

—No vamos a hacer su trabajo. Solo le ayudamos a eliminar indicios inútiles. Si al menos podemos hacer eso, puede entregar pruebas a la policía de Shady Creek que demuestren que no estamos implicadas. Vamos a buscar pruebas para descartarnos en vez de culparnos mutuamente.

—Cen tiene razón —corroboró la tía Amber.

Todas miramos a los dormidos.

—Uno de ellos tiene que ser el asesino —dijo mamá.

—Tonterías —suspiró la tía Pearl—. Ojalá fuera cierto ya que los desprecio a todos. Pero lo triste es que ha sido tu pastel navideño, Ruby.

—¿Ahora resulta que es mi pastel? —Mamá se llevó las manos al pecho—. ¿Cómo es posible? Todos habéis comido.

La tía Pearl negó con la cabeza.

—No, Ruby. Solo fingimos comerlo. Como todas las navidades de los últimos veinte años.

—¿Qué estás diciendo? ¿Que no os gusta mi pastel? No puede ser, coméis tanto que apenas me da tiempo a prepararlo. —Mamá se volvió hacia mí—. Cen, a ti te encanta mi pastel navideño.

—Bueno... estoy siguiendo una dieta baja en carbohidratos así que...

—Esta noche no has comido, ¿verdad?

Aparté la mirada avergonzada.

Mamá se volvió hacia la tía Amber.

—Supongo que tú también estás en la conspiración del pastel, ¿verdad?

La tía Amber se encogió de hombros con las palmas hacia afuera en señal de rendición.

—Tengo que cuidar mi figura, Ruby. Como estoy soltera....

—Lo siento, mamá... Sabemos que te tomas muchas molestias y... no queríamos herir tus sentimientos.

Sentí una punzada de culpabilidad. Ya se había descubierto, mamá estaba dolida y todo porque ninguna habíamos tenido las agallas de revelarle la verdad sobre su pastel en los últimos años. Ya no podía mentir más.

—Habla por ti, niña. —La tía Pearl se dirigió hacia el recibidor—. Voy a resolver esto de una vez por todas.

—Espera, no puedes irte. —Tyler le bloqueó el camino—. Nadie va a ninguna parte.

—Sheriff o no, no puedes retenerme aquí en contra de mi voluntad. Tal vez hayas podido acorralar a Dominic, pero no puedes detener a una bruja. Llueva o truene voy a hacer todo lo posible por esclarecer este crimen y exponer al asesino. Alguien tiene que hacerlo. Alguien con más capacidades que tú.

Tyler puso los ojos en blanco y esbozó una leve sonrisa.

Eso enfureció a la tía Pearl.

—Intenta detenerme.

Tyler no se movió.

La tía Pearl parecía confundida. Sus ojos iban de Tyler a la puerta principal.

—Sheriff... ¿vas a detenerme o qué?

Se cruzó de brazos desafiante.

Corrí hacia el recibidor, seguida de mamá y la tía Amber.

Me enfrenté a mi tía.

—En serio, tía Pearl, ¿dónde vas a ir con esta tormenta?

La tía Pearl dio un paso atrás hasta que chocó con la puerta. Se encogió como un animal acorralado, impotente.

—No es asunto tuyo —espetó la tía Pearl.

Su lenguaje corporal contradecía sus palabras. Por primera vez parecía insegura.

Y asustada.

CAPÍTULO 20

Todo sucedió muy rápido.

La tía Pearl se enfrentó a nosotros en una posición de combate, de espaldas a la puerta principal.

—¡Tía Pearl! ¡Baja el arma!

Levanté los brazos instintivamente. No dispararía a matar, pero no dudaría en dispararme al pie, el brazo o la pierna si no cooperaba. Después lo arreglaría todo con magia.

No podía permitirme arriesgarme.

—¡Esa es la pistola de Tyler! ¿Qué demonios…?

La tía Amber levantó los brazos cuando se dio cuenta de la situación.

—Pearl, ¿qué narices estás haciendo?

Se me aceleró el pulso. Escruté el recibidor en busca de Tyler, pero no había señales de él. Estaba al lado de la tía Pearl unos segundos antes. Me daba igual si perdía el arma, pero ¿qué había hecho con él?

—Tenemos un asesino en la casa y el sheriff Gates ha dejado su arma descuidada —dijo la tía Pearl—. Alguien tiene que hacerse cargo de la situación.

La funda de la pistola de Tyler estaba en suelo donde unos instantes antes había estado él.

Mantuve la voz tranquila.

—¿Y ese alguien eres tú?

Tyler llevaba la funda con el arma encima, estaba segura de ello. Siempre había sido muy cuidadoso con las armas de fuego. Si no la llevaba encima, aunque fuera un minuto, la guardaba bajo llave. Y si no la tenía él solo quería decir una cosa.

La tía Pearl se había deshecho de él con magia.

Y Tyler tenía problemas.

Sentí un nudo en la garganta. ¿Dónde estaba Tyler exactamente?

La tía Pearl se estaba volviendo loca y tenía que detenerla antes de que fuera demasiado tarde. Perder los papeles solo empeoraría la situación. Necesitaba una estrategia para desarmarla.

Mis ojos se encontraron con los de la tía Amber. Estaba pensando lo mismo que yo. Retrocedió lentamente para no llamar la atención de la tía Pearl y fue hacia el salón.

—Deja el arma, Pearl —dijo mamá detrás de mí.

Yo no podía convencer a la tía Pearl de que se desarmara, pero tal vez mamá sí. Pocas veces se enfrentaba a su hermana, pero la situación actual lo requería. Mamá me protegía las espaldas. Esperaba que las cosas no llegaran más lejos. La rivalidad entre hermanas era una cosa, pero la rivalidad entre hermanas brujas era algo completamente distinto.

Fruncí el ceño.

—Tyler nunca se quita la pistola, solo cuando nosotros… —callé cuando sentí todas las miradas sobre mí.

—¿Cuándo vosotros qué? —Las comisuras de la tía Pearl se curvaron en una sonrisa maliciosa. Seguía apuntándonos con el arma —. ¿Quieres iluminarnos?

—No. —Mantuve la voz baja y calmada—. No importa, baja eso.

La tía Pearl bajó el arma cuando volvió la tía Amber seguida por Tyler. Parecía cansado y desaliñado, pero ileso. Evidentemente la tía Pearl lo había incapacitado con su magia para robarle el arma.

—Esa es mi pistola.

Tyler se abalanzó sobre la tía Pearl y la desarmó en segundos. Guardó el arma en la funda y se la colocó. Luego señaló a mis tías.

—Vosotras dos, al salón. Amber, asegúrate de que no va a ninguna parte.

La tía Amber puso una mano sobre el hombro huesudo de la tía Pearl y la condujo hasta la puerta.

—Prepárate para una demanda, sheriff. Esto es abuso policial.

La tía Pearl se detuvo en la puerta y maldijo en voz baja.

Tyler la ignoró.

—Vamos, Pearl.

La tía Amber empujó a la tía Pearl hacia el salón.

La tía Pearl se apartó.

—No puedes darme órdenes, sheriff. Iré donde me dé la gana.

—No lo harás.

La tía Amber guio a la tía Pearl hasta el sofá y ambas se sentaron.

Me sentí aliviada porque Tyler estuviera bien, pero asustada porque la tía Pearl hubiera llegado al extremo de hechizar a Tyler teniendo un asesino entre nosotros. La combinación de magia y armas era una mezcla mortal. La tía Pearl sabía muy bien que había ido demasiado lejos. ¿Qué diablos le pasaba?

—No va a ninguna parte —le gritó la tía Amber a Tyler desde el recibidor. Se volvió hacia la tía Pearl—. El sheriff no te ha arrestado, pero no significa que yo no pueda hacerlo. Estás arrestada por la AIAB, Pearl.

—¿Vas a arrestar a tu propia hermana?

La abuela Vi flotaba sobre el aparador del comedor mirando a sus hijas con desdén.

—Amber, de verdad… eso es abuso de poder. ¿No podéis llevaros bien por una vez?

Sonreí a pesar de la gravedad de la situación. Mis tías ancianas siempre serían dos niñas ante los ojos de la abuela Vi.

Nuestra discusión despertó a Brayden, pero no ha Dominic y a Gail que seguían durmiendo pacíficamente.

Brayden se frotó las sienes y frunció el ceño. Había escuchado fragmentos de la conversación.

—¿Tyler le ha dado el arma?

La tía Pearl asintió.

—No me la ha dado, se la he robado.

—¡Tyler! Ven aquí—gritó Brayden.

Tyler apareció por la puerta.

—¿Sí?

—¿Es cierto lo que dice Pearl? ¿Te has dejado engañar por una viejecita?

La tía Pearl fulminó a Brayden con la mirada.

—No soy vieja.

Tyler empezó a hablar pero lo interrumpió la tía Amber.

—Deja a Tyler fuera de esto —dijo la tía Amber—. Brayden, sabes de lo que Pearl es capaz. Aparte de eso, no es ni por asomo lo peor que ha sucedido aquí.

—¿Te refieres a Merlinda? El sheriff debería haberlo evitado. Merlinda fue asesinada delante de sus narices.

Brayden negó con la cabeza disgustado.

—Tú también estabas allí. Todos estábamos

Evité mencionar que Brayden había estado inconsciente gran parte del tiempo. Como era un hechizo, ignoraba ese hecho.

—Puede ser, pero yo no he hecho nada para contribuir a la tragedia de esta noche.

Brayden se preocupaba primero por sí mismo y después por las consecuencias políticas. Todo el resto quedaba en tercer lugar. Por lo que a él respecta, la trágica muerte de Merlinda no era su preocupación. La muerte le había curado bien rápido el enamoramiento.

—No estoy para nada de acuerdo. Nada de esto hubiera pasado sin ti, Brayden —dijo la tía Pearl—. Has provocado a Dominic y él ha matado a Merlinda en un ataque de celos.

—Eso es mentira. Apenas me estaba fijando en Merlinda.

Le temblaba el párpado, señal de que estaba mintiendo.

Miré hacia Dominic y Gail todavía inconscientes apoyados contra la pared el uno sobre el otro.

Aunque no había señales de Earl. Se habría esfumado cuando Pearl le había robado el arma a Tyler.

—No cambies de tema, Pearl —dijo Tyler—. Y mantén las manos

lejos de mi pistola. Ya hemos tenido bastantes problemas por una noche.

—Vale, la próxima vez, no la dejes por ahí, sheriff —espetó la tía Pearl—. No puedes responsabilizarme de tu descuido.

—Pero yo no… da igual. —Tyler dio media vuelta—. Tengo cosas más importantes que hacer que discutir contigo, Pearl. Sé que en ningún momento me he quitado la pistola ni la funda.

Mamá frunció el ceño.

—Sigue metiéndote con Tyler y tendrás que vértelas conmigo, ¿vale, Pearl?

—Vale —suspiró la tía Pearl derrotada.

Por una vez había sido vencida por sus hermanas. La abuela Vi flotaba sobre la cabeza de Tyler. Me guiñó el ojo y susurró:

—Magia…

La ignoré.

—Hablemos de Merlinda. Todos estábamos en la mesa y hemos comido prácticamente lo mismo. Nadie se ha levantado de la mesa, solo Merlinda. ¿Cómo podrían haberla envenenado? ¿Un veneno de acción lenta? Si es así podría haberlo ingerido horas antes.

Mamá y yo intercambiamos miradas nerviosas. Sabía que, a pesar de la explicación de Earl, seguía preocupada por la harina que había usado para el pastel navideño. Sin embargo, mamá no tenía nada que ganar con la muerte de Merlinda. Y tenía mucho que perder con el asesinato de un huésped en el hostal. Sería descartada rápidamente como sospechosa.

Por otra parte, mamá era experta en pociones de hierbas, algunas de ellas eran venenosas. Tenía todos los medios y oportunidades para envenenar a Merlinda, pero no tenía motivos. Aun así, la policía tendría que investigarla si no encontraban más pistas. Teníamos que encontrarlas nosotras para poder descartarla.

Recordé el polvo verde que Dominic le había dado a Merlinda. Podía haber agregado algo al suplemento alimenticio. Puede que, como el pastel de mamá, contara con un ingrediente secreto.

Y probablemente ese ingrediente secreto no fuera algo inofensivo como la mantequilla de cacahuete. Como marido de Merlinda, podía tener un motivo.

Me volví hacia Tyler.

—¿Qué me dices de la habitación de Merlinda? Puede que allí haya algo.

—Vamos a ver.

Subió escaleras arriba seguido por mamá y por mí.

CAPÍTULO 21

Diez minutos después, mamá, Tyler y yo estábamos en la puerta de la habitación de Merlinda. Habíamos inspeccionado su habitación con cuidado de no tocar nada. Estaba impecable y vacía de objetos personales. La única señal de Merlinda era su bolso, encima de una cama individual cuidadosamente hecha. Además de algunos artículos de cosmética y algo de ropa en los cajones, había pocas señales de que la habitación estuviera ocupada, mucho menos por alguien que se estuviera quedando allí durante tres meses.

Tyler y yo teníamos que deshacernos al menos de los indicios mágicos para que la policía de Shady Creek no comenzara la investigación persiguiendo pistas falsas. No es que fuera obligatorio, pero era necesario con cuatro brujas y un fantasma de por medio.

—Es raro que Merlinda no tuviera fotos ni recuerdos de Dominic. —Tyler rebuscó en el bolso de Merlinda, cogió su móvil y analizó la pantalla. Lo levantó para que lo viéramos—. La foto de fondo de pantalla es de otro hombre. No es Dominic, su reciente marido. La mayoría de la gente tiene algún recuerdo de su pareja cuando están lejos de casa.

—Puede que tuviera las fotos ocultas en el ordenador porque no quería que le hicieran preguntas.

Podía entender que Merlinda escondiera las fotos de su boda secreta, pero no había ni una foto de Dominic en toda la habitación. Además, a nosotras también nos había ocultado su existencia.

Tyler vació el contenido del bolso de Merlinda en la cama. Examinó su cartera con la mano enguantada. Solo encontró un pintalabios, una pequeña cantidad de efectivo y un pasaporte a Vanuatu.

—Ni una sola foto de la boda en la cartera. Si es que era cierto.

—Puede que no fuera una relación tan seria como sostiene Dominic. Merlinda podría haber fingido con lo de la boda. — Recordé su extraño comportamiento—. ¿Y si el matrimonio es una farsa?

Merlinda no parecía exactamente enamorada de Dominic. De hecho, parecía sorprendida por su llegada. Si se trataba de un matrimonio de conveniencia, solo Dominic podía explicarnos el motivo. Pero ahora no hablaba.

Registramos el resto de la habitación, o mejor dicho, Tyler la registró mientras yo lo grababa con el móvil. No había encontrado nada más aparte de una taza de té vacía con un puñado de hojas de té todavía húmedas. Debía ser otro té de la tía Pearl que se había tomado antes. Tyler colocó la taza en una bolsa de plástico.

No podía entender quién desearía la muerte de Merlinda. Está claro que la tía Pearl no. Su estudiante estrella era un anuncio con patas para la Escuela de Encanto Pearl. De hecho, el poco tiempo que Merlinda había pasado en Westwick Corners había sido por la Escuela de Encanto Pearl, y se había mantenido recluida casi todo el tiempo. No tenía amigos en el pueblo, y, hasta esa noche, apenas había hablado con nadie. Ni siquiera conocía a Brayden. Volví a pensar en Dominic, tenía que estar involucrado de algún modo.

—¿Cuál es el veneno de acción más lenta? —pregunté.

Tyler se encogió de hombros.

—No lo sé. Lo que sé es que cualquier cosa letal suele desencadenar una reacción rápida, algo en cuestión de minutos. Algo de acción lenta habría producido síntomas durante un periodo más largo. No habría sido una reacción repentina como ocurrió con Merlinda.

—Cierto —confirmó mamá—. Las pociones de hierbas funcionan exactamente del mismo modo.

—Merlinda estaba bien hasta la cena —dije—. No mostraba síntomas ni se quejó de nada.

Había algo más que me preocupaba. Merlinda había sido una invitada de último minuto a nuestra cena de Nochebuena, ya que tenía planeado volar a su casa. Solo estaba aquí porque sus planes habían fracasado. Si era la oportunidad perfecta para cometer un crimen, ¿quién saldría ganando?

Ninguno de nosotros, excepto posiblemente Dominic. Como recién casados, probablemente heredaría. La familia de Merlinda era impresionantemente rica.

Si te parabas a pensarlo, Westwick Corners era el lugar perfecto para acabar con Merlinda. Pocos la conocían, y lo que sí que lo hacían, asumirían que se había ido a casa por vacaciones. Solo los que estábamos en el hostal sabíamos que había perdido el vuelo.

Salimos al recibidor. Cuando cerré la puerta de Merlinda, dio un portazo mucho más fuerte de lo que había querido. En ese mismo instante, nos golpeó una ráfaga de viento. Corrí hacia las escaleras con Tyler y mamá siguiéndome de cerca.

Tyler y yo intercambiamos miradas al ver la puerta principal abierta de par en par y golpeando la pared con cada ráfaga. El viento se arremolinaba y agitaba los papeles de la mesa del pasillo hacia el porche vacío.

Se avecinaba otra tormenta y no podía hacer nada para impedirlo.

CAPÍTULO 22

Estaba en el porche con mamá y Tyler. Había dejado de nevar, pero seguía haciendo muchísimo frío y viento.

—Mirad esto.

Señalé las huellas que empezaban en el porche y bajan por las escaleras. Eran huellas de mujer. Como mamá estaba a mi lado, tenían que ser de Gail o de alguna de mis tías.

Tampoco estaba el Escalade de Dominic.

La tía Pearl.

Corrí hacia el salón y encontré a la tía Amber luchando por liberarse. Estaba atada a una silla con una guirnalda de luces navideñas.

Earl llegó desde el comedor al mismo tiempo que nosotros.

—¿Qué demonios…?

El corazón me latía fuerte en el pecho. Gail estaba despierta y sentada en el sillón. Pero Dominic había desaparecido.

Gail, a diferencia de la tía Amber, estaba libre. Jugaba a un juego en su teléfono y estaba tan absorta que ni siquiera levantó la vista. O tal vez nos estuviera ignorando a propósito.

—¿Qué ha pasado?

Desaté rápidamente a la tía Pearl mientras Tyler, mamá y Earl buscaban a la tía Pearl y a Dominic por toda la casa.

—Pearl me ha atado y se ha dado a la fuga.

La tía Amber fulminó a Gail con la mirada mientras se ponía en pie.

—Gracias por nada, Gail.

Gail se encogió de hombros.

—¿Por qué tendría que ayudarte? Me dejasteis inconsciente —acusó y volvió a la pantalla del móvil.

—¿Dónde ha ido Dominic? —pregunté.

La tía Amber se encogió de hombros.

—No lo sé. Debe estar con Pearl. Me dejó inconsciente antes de atarme, así que no he visto lo que ha pasado. Lo siguiente que sé es que no está.

—¿Lo ha secuestrado?

—O eso o él la ha secuestrado a ella. O puede que estén compinchados. —Suspiró—. No tengo ni idea. Pearl se comporta de una forma muy extraña.

También me parecía extraño que la tía Pearl hubiera usado una guirnalda de luces en lugar de magia para inmovilizar a la tía Amber. Por una parte, probablemente fuera más efectivo atarla que confiar en un hechizo que podía revertir fácilmente. Por otra parte, la tía Pearl siempre sostenía que podía vencer a cualquiera, incluso a la tía Amber. Inmovilizarla de manera física no parecía propio de su carácter.

La tía Amber me siguió cuando volví al porche.

—La tía Pearl sabe que ha sido su té —dijo—. Ya has visto que a ella también la ha afectado. Es culpable.

—Fue una equivocación.

No podía creer que la tía Pearl planeara matar a Merlinda, a propósito, por accidente ni de ningún modo. Recordé su té de cardo, o, mejor dicho, de muérdago. Había escondido la mayoría de los síntomas, pero también la había afectado.

—Si ha sido un error, ¿por qué no lo admite?

—No lo admitirá nunca, Cen —suspiró la tía Amber—. Prefiere ser prófuga de la justicia.

Mamá confirmó nuestros peores temores cuando volvió al porche sin aliento.

—Se ha ido. Hemos mirado por arriba y por abajo, por todas partes y no está. Tenemos que encontrarla.

La tía Pearl se había ido sin dejar rastro. Había obstaculizado una investigación, nos había apuntado con una pistola y ahora se había dado a la fuga.

Había actuado de manera estúpida. Su negligencia no atraería a nuevos estudiantes cuando se revelara su secreto. Y seguro que eso ocurriría, ya que ahora era una persona desaparecida.

Más bien al contrario, su comportamiento incriminatorio implicaba que había envenado intencionalmente a su propia alumna.

Brayden se unió a nosotros.

—He comprobado el sótano, pero no hay señales de Pearl. Podría estar en cualquier parte. Huir la hace parecer culpable.

Brayden tenía razón, sin embargo me preocupaba más la supervivencia de la tía Pearl. Seguía débil a causa del té envenenado y con tan poca grasa corporal, no sobreviviría a las gélidas temperaturas del exterior.

Lo que realmente me inquietaba era el modo en que había atado a la tía Amber. ¿Era una señal de que sus poderes habían disminuido por culpa del té? Si había recurrido a las restricciones normales para atarla, o bien su magia se había visto afectada o bien había desaparecido completamente. O peor aún, tal vez el veneno volvía sus hechizos aún más caóticos, con resultados involuntarios, graves e incluso mortales.

Me volví hacia mamá.

—No creo que la tía Pearl esté en sus cabales, no sé si me entiendes.

Mamá estaba frenética.

—Me temo que sí, Pearl no está siendo racional. ¿Quién se bebe su propio veneno solo para demostrar que tiene razón?

La tía Amber suspiró.

—Supongo que Pearl. Siempre debe tener la razón, dan igual las consecuencias. Aunque eso suponga su ruina.

Se estremeció y se recolocó el chal sobre los hombros.

Tyler y Earl salieron al porche. Tyler hablaba por teléfono, proporcionando detalles de la huida de la tía Pearl a la policía de Shady Creek. Cuando acabó se volvió a guardar el móvil en el bolsillo.

—He avisado a la policía de Shady Creek, aunque dudo que sirva de mucho. Las carreteras siguen cerradas, así que no puede llegar conduciendo a ninguna parte.

Earl negó con la cabeza.

—No creo que haya cogido el Escalade. Sabéis que Pearl odia conducir.

Earl estaba en lo cierto. Aparte de que las carreteras estaban intransitables, conducir no era el medio de transporte preferido de la tía Pearl. Teletransportarse bajo los efectos del té podría tener resultados no deseados. Pensar en ella y sus ganas de venganza era inquietante. La tía Pearl podía estar en cualquier parte.

Crucé la mirada con Tyler y vi su rostro lleno de preocupación. Por muy buenas que fueran sus habilidades de sheriff, no podía seguirle el rastro a una bruja desesperada.

—La encontraremos de algún modo —lo tranquilicé.

Como bruja, la tía Pearl tenía muchas opciones para viajar. Eso significaba que era poco probable que muriera congelada, pero era fácil que se metiera en problemas.

—Que esté a la fuga complica mucho las cosas —dijo mamá—. Nunca pesé que Pearl pudiera ser una prófuga de la justicia.

—Yo tampoco —corroboró la tía Amber—. ¿Qué podemos hacer?

Tyler le puso una mano en el hombro a mamá para tranquilizarla, pero seguía mostrando expresión dudosa.

—No creo que Pearl hubiera planeado esto con antelación, así que probablemente no vaya muy lejos. La encontraremos. La policía de Shady Creek tiene una orden de busca y captura.

—Podría tener a un cómplice esperándola.

El comentario de Brayden no fue muy útil. Intentaba ayudar a su propia manera, pero su sugerencia nos molestó todavía más. Estaba convencido de su culpabilidad.

De repente Earl fue consciente de que también a él lo había dejado detrás.

—Se suponía que su compinche era yo, pero nada ha salido según lo planeado.

—¿Qué? —preguntó Tyler frunciendo el ceño—. ¿Cómo que compinchados?

—¿Crees que llevaba el disfraz porque yo quería? —Negó con la cabeza—. Pearl me obligó a hacerlo. Me dijo que todos vendrían disfrazados porque era una fiesta de disfraces. Pero yo he sido el único. Me ha engañado.

Mamá asintió.

—Es buena convenciendo a la gente para que haga cosas que nunca haría. Aunque he de decir, Earl, que has estado a la altura.

Earl suspiró.

—¿Ha sido por algo que he dicho? Un momento estaba aquí y de repente… se había ido.

Mamá le dio una palmadita.

—No es por ti, Earl. Hace este tipo de cosas todo el tiempo. Te acostumbrarás.

Aunque Earl había sido granjero a las afueras de Westwick Corners toda su vida, recientemente había entablado amistad con la tía Pearl. Y esa amistad se había convertido rápidamente en algo romántico. Era una extraña pareja. La tía Pearl era irritante y dramática, mientras que Earl era tranquilo y romántico. Puede que sea verdad lo de que los polos opuestos se atraen.

—Sí, se ha ido.

Brayden señaló las pequeñas huellas en la nieve que seguían por el camino de entrada.

Las huellas no acababan donde había estado aparcado el Escalade. Continuaban hasta el otro lado de la carretera. Tal vez las huellas y la furgoneta desaparecida solo fueran una táctica de despista. Si bien el té envenenado podía haber causado estragos en sus poderes, no podíamos estar seguras de eso.

Si la tía Pearl funcionaba con normalidad, podía ir a cualquier parte. Podía teletransportarse a través de portales con un poco de esfuerzo y algo de magia. Sin embargo, dudaba que estuviera lejos. De hecho, no me sorprendería que nos estuviera vigilando en aquel preciso momento.

Miré por el jardín y el aparcamiento en busca de señales de ella, pero no encontré nada.

Gail, que había acabado la partida de su juego, se unió a nosotros. Rodeó la cintura de Brayden con el brazo y lo apartó unos metros para asegurarse de que estaban a suficiente distancia de la tía Amber.

—Pearl sabe que todo el mundo comete errores —dijo mamá—. Huyendo solo está incriminándose, ojalá pudiera hablar con ella para hacerla entrar en razón.

Mamá habló más fuerte de lo normal. Como yo, probablemente sospechara que la tía Pearl se escondía cerca.

Brayden resopló y señaló a Tyler.

—Demasiado tarde para eso. ¿Cómo has podido dejarla escapar así?

—Tú también podrías haberla detenido —señalé—. La has visto marcharse.

Brayden se encogió de hombros.

—No es mi trabajo, no soy el sheriff.

—Por el amor de dios, Brayden, acepta las responsabilidades por una vez —dijo la tía Amber—. Estamos juntos en esto.

—No, no lo estamos, y no me critiques, Amber. Ojalá, Gail y yo nunca hubiéramos venido. Vosotras y vuestra familia de locos…

Brayden levantó la mano, la puso en la espalda de Gail y la condujo hacia la puerta.

—Vamos dentro, Gail.

La indiferencia de Brayden era la gota que colmaba el vaso. Seguía manteniendo intacto su egocentrismo, aún después de la muerte de Merlinda. No parecía importarle que Pearl hubiera desaparecido y pudiera morir congelada. No tenía compasión por nadie que no fuera él mismo. Regañaba a Tyler, criticaba a la tía Pearl y apenas levantaba un dedo para ayudar. Y pensar que casi me caso con el… Aunque me alegraba de haberme librado de ello, me enfurecía su desconsideración.

Brayden se detuvo ante la puerta. Soltó a Gail y le indicó que entrara delante de él. Intenté contener mi ira, pero estaba tan enfadada que, sin darme cuenta, estaba susurrando el hechizo de teletransporte en voz baja. Quería que Brayden y su egoísmo desaparecieran.

Que se fueran muy lejos, como a Vanuatu. Eso le iría bien. Lo imaginaba corriendo frenéticamente por la playa, confundido y pidiendo ayuda a gritos.

Me sabía el hechizo de memoria, lo había estado practicando durante horas sin éxito. Recitarlo era inofensivo, ya que no era capaz de realizarlo. A menudo lo usaba para desahogarme. Canalicé mi ira en un encantamiento sin sentido.

ESFÚMATE como un fugitivo
No te entretengas, sigue tu camino
Hacia arriba y bien lejos vas,
Yo te diré de aquí a qué lugar

LA TÍA AMBER jadeó.

—Cendrine, ¿qué demonios haces?

—Eh, pero qué…

La voz de Gail vaciló antes de quedarse en silencio. Movió los labios pero no salió ningún sonido.

El tiempo no estaba bien, porque Brayden todavía tocaba el brazo de Gail en el momento exacto en que lancé el hechizo. La pareja se volvió transparente y se desvaneció ante nosotras.

¡Puf!

Habían desaparecido.

Así de fácil.

—¡No! Nunca me había funcionado…

Me quedé como en trance mirando a la puerta donde Brayden y Gail habían estado instantes antes.

Había practicado el hechizo cientos de veces sin éxito. Y ahora, que ni siquiera había puesto un gran empeño, había funcionado perfectamente. No solo había funcionado, sino que había hecho desaparecer a dos personas a la vez. Estaba impresionada.

Earl saltó hacia detrás, de un modo sorprendentemente rápido para tener setenta años.

—¿Habéis visto eso? ¡Brayden y Gail se han evaporizado! ¿Dónde diablos han ido?

—¡Cendrine! ¡Tráelos de vuelta! —suplicó mamá.

Pero ya era demasiado tarde.

—¡No puedo! No sé ni lo que he hecho. Nunca había funcionado, así que debo haber hecho algo diferente esta vez. Pero no sé qué.

Seguía completamente concentrada en el hechizo, aturdida porque hubiera funcionado, así que lo repetí mientras trataba de descubrir qué había salido mal.

¡Puf! ¡Puf!

El mismo sonido de unos instantes antes, pero no había ni rastro de la pareja.

Si no conseguía averiguar lo que había hecho, ¿cómo podía traerlos de vuelta?

CAPÍTULO 23

Earl se frotó los ojos y negó con la cabeza.

—¿Qué había en tu ponche, Amber? De repente no me encuentro muy bien. Vosotros también lo habéis visto, ¿verdad?

Analizó nuestras caras en busca de una repuesta.

Todos nos quedamos en silencio. Era una lástima no poder dársela. Earl suspiró.

—Genial, ahora mis propios ojos me engañan.

Me preocupaba que tuviéramos tres posibles venenos y que cada uno señalara a un miembro de mi familia. De hecho, yo era la única bruja que no estaba relacionada con una dudosa comida o bebida.

El té de la tía Pearl, el ponche de huevo de la tía Amber y el pastel navideño de mamá planteaban más preguntas que respuestas. Y las respuestas empezaban con la tía Pearl que estaba desaparecida. Temía dónde podían llevarnos esas respuestas, pero teníamos que saber la verdad.

Habíamos entrado al salón para no congelarnos mientras pensábamos como localizar a Brayden y a Gail.

Earl se frotó la frente.

—¿No habéis visto lo mismo que yo? Ha sido una alucinación muy extraña. Brayden y Gail se han desvanecido así como si nada.

Chasqueó los dedos para añadir efecto a sus palabras. Es curioso cómo la gente corriente interpreta la brujería cuando no hay más explicación lógica.

—Qué raro.

Mamá habló con la voz plana pero las comisuras de sus labios mostraron una discreta sonrisa involuntaria.

Mamá estaba orgullosa de mí en secreto, aunque trataba de no mostrarlo. Yo también estaba contenta. Había realizado con éxito un hechizo avanzado sola y sin ayuda alguna. Aunque no era el momento de regodearse. Me centré en recuperar a Brayden y a Gail.

—¿Dónde han ido? —Earl miró por todo el salón—. No me lo he imaginado, ¿verdad?

—No.

No tenía palabras, y al parecer tampoco las tenía nadie más.

—Merlinda muere, Pearl se esfuma y ahora Brayden y Gail han desaparecido. —A Earl se le quebró la voz—. ¿El próximo seré yo?

Mamá negó con la cabeza.

—Claro que no, Earl. Estarás bien. Pero quédate dentro de la casa por si acaso, ¿vale?

Conduje a Earl hasta el sofá.

—Mamá tiene razón, Earl. ¿Por qué no te relajas un poco?

Earl frunció el ceño y se sentó.

—Estoy preocupado por Pearl, Cen. Ya sabes cómo se pone. ¿Y si enloquece y hace algo peligroso?

Su afecto por la tía Pearl era de lo más dulce. Prácticamente sentía devoción.

—Seguro que vuelve, Earl. No te preocupes —dijo mamá con voz suave—. Volverá antes de que te des cuenta.

Earl se secó la frente con el dorso de la mano.

—Este año no voy a beber. Me está afectando de un modo extraño.

Me alegraba que Earl pensara que estaba alucinando y no presenciando magia. Aunque puede que llegara a cuestionárselo si no traía de vuelta pronto a Brayden y a Gail. Se podría pensar que sería sencillo entre mamá, la tía Amber y yo, pero, al parecer, tres brujas no son más poderosas que una.

Lo que necesitábamos era un contrahechizo o un hechizo de retroceso. El problema era que el hechizo no podía deshacerlo otra bruja. Era un mecanismo de autoprotección diseñado para que una bruja no pudiera interferir en el hechizo de otra, ya fuera a propósito o de otro modo.

Y esa bruja era yo.

El único problema era que no tenía ni idea de cómo arreglar las cosas. Aunque había practicado el hechizo más veces, no lo tenía dominado. Ni por asomo. Cualquier mínima variación en el hechizo original significaba que tenía que estar también en el contrahechizo. La tía Pearl no me lo había enseñado aún.

Teníamos que encontrarla y rápido. ¿Y si de algún modo había quedado atrapada en mi hechizo? Si estaba cerca y no me había dado cuenta… No, no podía ser así. Había otra gente más cerca de Brayden y Gail y no habían desaparecido. No tenía ni idea de dónde empezar a buscar a nadie.

La tía Amber se paseaba por el salón.

—Dime exactamente lo que has hecho, Cen. Con pelos y señales. Tal vez así, solo tal vez, pueda ayudarte a arreglarlo todo. Dudo que pueda, pero vale la pena intentarlo.

Su falta de confianza me preocupaba. Como no podía deshacerlo otra bruja, tendría que enseñarme. Solo yo podía traerlos de vuelta y para conseguirlo tenía que controlar el contrahechizo pero ¿podría hacerlo en tan poco tiempo? Tenía que aprender en cuestión de minutos lo que normalmente llevaba meses de práctica.

—No tengo ni idea de lo que ha pasado —dije—. Solo he recitado las palabras que me enseñó la tía Pearl. Tampoco estaba intentándolo con todas mis fuerzas, no esperaba que funcionara.

La razón por la que esa vez hubiera funcionado podía deberse a cualquier cosa. Un parpadeo, un ligero movimiento de mano o incluso la forma en que pronuncié las palabras. Lo único que recordaba era que tenía más peso sobre la pierna derecha que sobre la izquierda. Pero no podía ser eso. Me sentía perdida porque no sabía qué había hecho diferente respecto a los intentos anteriores.

Me acerqué al árbol de navidad y observé la bola de nieve tropical de Merlinda. Entrecerré los ojos y miré en el interior, esperando encontrar algo. No veía a Brayden y a Gail por ninguna parte. Ni tampoco a la tía Pearl. El paraíso tropical tenía el mismo aspecto que antes: una playa de arena blanca llena de palmeras bordeando el océano. Era algo preocupante ya que creía que esa playa era donde había enviado accidentalmente a Brayden y a Gail. Pero no estaban allí. ¿Dónde habían ido a parar?

—Has hecho todo lo que has podido y eso es lo que cuenta, cariño —mamá siempre me animaba incluso en los peores momentos—. Visualízalos en el momento de la desaparición y concéntrate en sus rostros. Puedes hacerlo.

—Los has hecho desaparecer de verdad.

Earl estaba sentado en una esquina del sofá de brazos cruzados. Por primera vez me di cuenta de que tenía el cabello despeinado y que parecía que acabara de sobrevivir a la explosión de una bomba. Estaba totalmente aterrorizado.

—La locura debe de ser cosa de familia. Pearl hace majaderías, pero esto se lleva la palma.

—No te preocupes, Earl —dijo la tía Amber—. Cen sabe lo que se hace.

En realidad no lo sabía, y me sentía fatal por asustar a Earl. No tenía palabras para tranquilizarlo, pero el simple hecho de haber estado cerca de la tía Pearl debería haberlo preparado para cualquier cosa. Volví a centrarme en la emergencia que teníamos en ese momento.

—La he fastidiado, ¿verdad? ¿Cómo vamos a encontrarlos?

—Tenemos que averiguar qué ha salido mal en tu hechizo, Cen —dijo mamá—. ¿Dónde querías enviarlos?

—A la bola de nieve de Merlinda. Solo tenía que ser temporal.

Al mirar la bola sentí una fuerza extraña que me repelía, el efecto contrario al de un imán. De hecho se parecía más a dos imanes de mismo polo intentando juntarse. La bola ejercía una extraña fuerza opuesta que me repelía.

De repente caí en que no había ningún error en el hechizo. Había salido bien pero había sido contrarrestado por una fuerza mucho más potente. La de Merlinda. Sospechaba que no era la primera que fallaba.

La tía Pearl no había querido enviarme fuera a la ventisca para que muriera congelada. Había planeado algo totalmente diferente, pero su hechizo se había encontrado con una fuerza opuesta mucho más potente, como me había pasado a mí.

La tía Pearl quería enviarme a la bola de nieve de Vanuatu de Merlinda, pero algo o alguien interfirió. Como cualquier bruja experta, Merlinda había colocado un escudo protector alrededor de su bola de nieve tropical para evitar la entrada no autorizada.

El escudo protector no solo había impedido que alguien entrara a su bola, sino que era tan fuerte que también repelía a quienes se acercaban y los enviaba en la dirección opuesta. Antes no me había acercado lo suficiente como para notar la fuerza.

Lo que le faltaba a Merlinda en años de experiencia mágica, estaba más que compensado por la fuerza de sus poderes. De hecho, su magia era tan fuerte que además de contrarrestar el hechizo de Pearl, me había enviado en una dirección totalmente diferente.

Había acabado en el lugar equivocado al aterrizar en el exterior helado. Lo mismo les habría pasado a Brayden y a Gail. La tía Pearl no había informado del desvío de dirección porque estaba demasiado avergonzada para admitir que su hechizo había salido mal.

Pero su hechizo no había fallado, había sido contrarrestado por la magia de Merlinda.

Corrí hacia la ventana del comedor y examiné el patio y la entrada en busca de la pareja. Tenían que estar fuera en algún lugar cercano.

Enfoqué la mirada en el lugar donde me había enviado antes el hechizo de la tía Pearl.

Un destello de movimiento me llamó la atención pero desapareció con la misma rapidez antes de que pudiera fijarme bien. Y nada más. Se me aceleró el pulso.

—Hay alguien escondido entre los adornos del césped.

—Espero que sea Pearl. Voy a ver —dijo Earl saltando del sofá y salió corriendo hacia el exterior.

Volvió en pocos minutos cogiendo a una temblorosa tía Pearl por el brazo.

—Mirad a quién he encontrado. Resulta que después de todo estaba muy cerca.

—Te dije que no se lo dijeras a nadie.

La tía Pearl se liberó del agarre de Earl, aunque parecía secretamente contenta de que la hubieran rescatado. Se formó un charco a sus pies al gotear el agua de su traje de terciopelo verde.

—Siempre tienes que estropearlo todo.

Mamá jadeó.

—¡Pearl! No le hables así a Earl. Te ha salvado de morir congelada.

Earl le quitó importancia con un gesto de mano.

—Échame todas las culpas que quieras, Pearl. Has sido tú quien me ha pedido que me disfrazara de Santa Claus en primer lugar. No ha sido culpa mía.

—Un momento… ¿Qué ha pasado antes?

Me volví hacia la tía Pearl.

—¿Te refieres a cuando has sido superada por Merlinda?

—¡Claro que no! —La tía Pearl se sentó al borde del sofá y se inclinó para subirse las perneras del pantalón—. No había nada mal hecho en mi hechizo. Earl no tendría que haber estado junto al trineo. Por eso se ha fastidiado todo.

Cuando caí en la cuenta me volví hacia Earl.

—¡Tú eras el Santa Claus del trineo!

Earl se encogió de hombros.

—Estaba haciendo lo que me había dicho Pearl. Solo quería añadir unos retoques finales.

—Ayer, Earl. Se suponía que los adornos tenían que haber estado acabados ayer.

La tía Pearl siempre tenía la última palabra.

Los espectadores inocentes que habían estado demasiado cerca de la acción habían alterado nuestros hechizos. En mi caso, el hechizo de teletransportación de la tía Pearl tenía que haberme enviado a la bola de nieve tropical. En cambio, había aterrizado fuera, donde Earl seguía trabajando en el trineo. Supuse que la tía Pearl habría estado pensando en Earl cuando lanzó el hechizo.

¿Y en mi caso? No recordaba pensar en algo que no fuera desterrar a Brayden hasta Vanuatu, y Gail simplemente había sido un daño colateral por estar demasiado cerca de él.

La bola de Merlinda tenía una protección de redirección incorporada. Estaba diseñada para asegurarse de que nadie podía entrar en su bola de nieve tropical. Pero no solo repelía a los intrusos. Su hechizo era tan fuerte que enviaba a los posibles intrusos en una dirección completamente diferente.

Pero, si ese era el caso, ¿dónde habían ido a parar Gail y Brayden? No estaban fuera como nos había pasado a mí y a la tía Pearl.

Alguien mentía, y tenía claro quién era. Pero no era el momento de discutir. Teníamos que encontrar a Brayden y a Gail antes de que fuera demasiado tarde.

CAPÍTULO 24

—¿*V*as a encerrarme, sheriff?

La tía Pearl estaba plantada en posición desafiante con los brazos cruzados frente a Tyler.

—No —rio Tyler entre dientes—. No tienes nada de qué preocuparte. Eres una gran escapista.

—Ayúdame a encontrar a Brayden y Gail, tía Pearl —supliqué—. Dime qué tengo que hacer.

—No lo sé, Cen. ¿Qué tienes para mí?

La tía Pearl tamborileaba con el pie esperando una respuesta.

No mordí el anzuelo.

Estaba cansada de dar rodeos con la tía Pearl y no llegar nunca a ningún lado. Con o sin su ayuda, recuperaría a Brayden y a Gail. Corrí hacia la mesa del recibidor y les hice señas a mamá y a la tía Amber para que me siguieran. No había tiempo que perder.

—¿Preparada, Cen? —La tía Amber me tendió un papel—. Lo he escrito para ti. Lo único que tienes que hacer es visualizarlos y recitar las palabras.

Cerré los ojos con fuerza y recité el contrahechizo imaginando a Brayden y a Gail en la puerta como lo habían estado un rato antes. La combinación entre la concentración requerida y los efectos de la resaca navideña me provocaron dolor de cabeza. Me prometí que, si lo conseguía, no volvería a lanzar un hechizo nunca más. Eran increíblemente difíciles de realizar y siempre traían problemas. No estaba hecha para ser bruja.

La tía Pearl maldijo por lo bajo.

—Puedes decir misa, sheriff. Deberías alegrarte de que haya decidido cooperar para que no te despidan.

Tyler se encogió de hombros. Habló en voz baja por el móvil antes de volver a guardárselo en el bolsillo. Recorrió el jardín con la mirada y señaló con entusiasmo cerca del trineo.

—¿Qué es eso? Algo se ha movido.

—¡Son Brayden y Gail! —Mamá dio una palmada—. ¡Cen lo has conseguido! ¡Los has traído de vuelta!

Observé el punto que señalaba Tyler. Efectivamente, allí estaban Brayden y Gail. Rodeados por una cúpula gigante de cristal que también encerraba el trineo. No podía creer lo grande que era la bola. Pero no era el momento de regodearse.

Gail estaba encogida cerca del trineo mientras Brayden golpeaba el cristal.

—Al menos han vuelto al jardín. Ahora hay que sacarlos de la bola —suspiré.

Movían los brazos y arañaban la barrera invisible mientras pronunciaban palabras que no podíamos escuchar. Igual que me había ocurrido a mí, estaban atrapados en una bola de cristal mágica que rodeaba los decorados del césped. Tan cerca y a la vez tan lejos.

La parte positiva era que al menos el regreso de la bola de nieve significaba que ahora podíamos verlos. Y teníamos más posibilidades de liberarlos de su prisión de cristal.

¿Por qué la tía Pearl había fingido estar atrapada en mi hechizo? No tenía ni idea. Lo que sí que sabía era que mi hechizo no había salvado a la tía Pearl. También que mis poderes solo eran lo suficientemente fuertes para poder volver a ver la bola, pero no bastaban para sacar a Brayden y a Gail.

Me sentía desesperada. Si no había salvado a la tía Pearl, ¿cómo podría salvar a Brayden y a Gail?

CAPÍTULO 25

Estábamos en el salón junto al árbol de Navidad. La bola de nieve de Merlinda parecía burlarse de nosotros desde su posición privilegiada. Seguía emitiendo un brillo etéreo, pero la calidad mágica había desaparecido. Ahora solo parecía triste y misteriosa.

Mamá me dirigía una mirada de complicidad. La tía Pearl y la tía Amber ignoraban la bola, aparentemente ajenas a su gloria desvanecida.

Resistí la tentación de acercarme a la bola. No quería ver lo que ocurría en Vanuatu. Con Merlinda muerta, ya no me importaba.

Lo pedí con toda la amabilidad que fui capaz.

—Tía Pearl, por favor, ayúdame a revertir el resto del hechizo.

—No aprenderás si no te aplicas, Cen —dijo—. No esperes que lo haga todo por ti.

Estaba harta del amor exigente de la tía Pearl.

—Pero ¿qué hay de Brayden y de Gail? No podemos dejarlos atrapados ahí. Morirán congelados.

La tía Amber negó con la cabeza.

—Estarán bien dentro de la bola. Pueden aguantar unos minutos más. Pearl tiene algo que decir, ¿verdad, Pearl? —preguntó mirando expectante a su hermana.

—No. —La tía Pearl se cruzó de brazos y miró hacia arriba dando golpes con el pie—. No sé de qué hablas.

—Sí, sí que lo sabes, y vas a contarle a Tyler, quiero decir, al sheriff Gates, todo lo que tramabas con Merlinda.

La expresión severa de la tía Pearl se interrumpió por el hipo, efecto secundario de su ponche de huevo. Había vuelto a beber cuando habían aparecido Brayden y Gail.

La tía Pearl hizo una señal de cremallera en su boca.

—Mis labios están sellados. Buscaré un abogado antes de incriminarme.

—¡Ajá! Así que admites que había un problema con el té.

La tía Amber era como un perro con un hueso, nunca se cansaba.

—No seas ridícula. —Hizo una pausa—. Vale, igual le eché una chispita de alcohol, pero nada letal.

Jadeé.

—¡Has envenenado a Merlinda a propósito!

—Por dios, Cen. Haces que parezca muy siniestro. Lo único que he hecho ha sido sacar a Merlinda de un aprieto.

—Dinos lo que has hecho —exigió Tyler—. Si no has hecho nada malo no tienes de qué preocuparte.

La tía Amber negó con la cabeza.

—De ningún modo. No confío en ti, Sheriff. Además, lo que pasara entre Merlinda y yo no es asunto tuyo.

—Pero Merlinda está muerta —dije—. Nos debes una explicación, tía Pearl. Y además necesito tu ayuda para sacar a Brayden y a Gail de la bola antes de que los perdamos a ellos también. Antes de que sea demasiado tarde.

—Lo primero es lo primero —dijo la tía Amber volviéndose hacia Tyler—. Si no te lo dice Pearl lo haré yo. Me lo ha contado todo.

La tía Pearl fulminó a su hermana con la mirada, horrorizada.

—No pienso quedarme aquí y escuchar tus invenciones, Amber. Y menos estando borracha.

—No pienses en ir a ninguna parte, Pearl —advirtió Tyler—. Tenemos que hablar.

—Haré lo que quiera. No puedes retenerme —dijo dándose la vuelta para marcharse.

—Tal vez él no, pero yo sí.

Mamá chasqueó los dedos y murmuró algo en voz baja.

La tía Pearl bostezó, se arrastró hasta el sofá y se sentó. En cuestión de segundos estaba profundamente dormida, roncando.

La abuela Vi flotaba cerca.

—Bien hecho, Ruby. No la había visto nunca tan tranquila.

Negué con la cabeza.

—Pero... ¿Y Brayden y Gail? Todavía necesito la ayuda de la tía Pearl para sacarlos de la bola de nieve.

Tyler frunció el ceño. Él no podía ver ni escuchar a mi abuela fantasma.

—Relájate, Cen —dijo la abuela Vi—. No necesitas a Pearl. Puede que yo sea un fantasma, pero sigo siendo la mejor bruja del lugar. ¿Quién crees que le ha enseñado todo a Pearl?

—¿Entonces vas a ayudarme?

Ya no me importaba si me escuchaban Tyler o Earl. Me daba igual que pensaran que estaba loca y hablaba sola. Valía la pena si era por recuperar a Brayden y a Gail antes de que fuera demasiado tarde.

Nunca había visto a la abuela Vi haciendo magia, ni viva ni muerta. Se había retirado antes de que yo naciera. Siempre obligaba a sus hijas a que lo hicieran todo por ella, sobre todo a Pearl.

La abuela Vi a menudo hacía promesas que no podía cumplir. Esperaba que esta vez fuera diferente.

—Lo consideraré —dijo la abuela Vi—. ¿Qué me das a cambio?

Decidí no responder y no alarmar aún más a Tyler. En cambio, me volví hacia la tía Amber.

—Vale, desembucha y cuéntanos qué tramaba la tía Pearl con Merlinda.

La tía Amber estuvo hablando un cuarto de hora. Cuando acabó, estábamos todos demasiado sorprendidos para responder. Era la última persona de la que esperaba una confesión lacrimosa.

Me sentí traicionada.

La tía Pearl había establecido planes grandiosos para una franquicia global de la Escuela de Encanto Pearl con Merlinda como compañera. No era algo que yo hubiera querido nunca, pero me dolía que ni siquiera me lo hubiera preguntado.

—¿Sabías todos los planes de negocio de Pearl y Merlinda y no has dicho ni una palabra en todo este tiempo?

Tyler frunció el ceño mientras anotaba algo en su libreta. Se inclinó hacia adelante y esperó que la tía Amber se explicara.

—¿Ahora es cuando me lees mis derechos?

La tía Amber movía la mirada entre Tyler y yo, temerosa de lo que le esperaba.

—¿Estoy detenida?

Tyler suspiró.

—No a menos que hayas cometido un delito. ¿Lo has hecho?

—¡Claro que no! ¿Cómo puedes decir algo así? —La tía Amber se cruzó de brazos intentando contener la ira—. Le he suplicado a Pearl que te lo dijera. Cuando no lo ha hecho me ha dejado entre la espada y la pared. ¿Traicionaba a mi propia hermana? ¿O me chivaba para acabar siendo acusada de asesinato?

—Nadie te ha acusado de asesinato. Sin embargo, podrías ser cómplice de un delito.

Tenía la sensación de que la tía Amber todavía no estaba siendo del todo sincera. Miré hacia la tía Pearl que dormía pacíficamente en el sofá.

—¿Te refieres a ayudar e incitar a Pearl? —La tía Amber negó con la cabeza—. No tengo nada que ver con su plan, al menos no directamente. No veo por qué debería incriminarme solo porque Pearl no quiera colaborar.

—No te va a pasar nada si dices la verdad, tía Amber. Pero tenemos que saber qué está pasando. Dile a Tyler lo que sabes y estarás a salvo.

—Cen tiene razón —dijo Tyler—. Tenemos que llegar al fondo de este asunto.

—Y quizás después de eso me ayudes a liberar a Brayden y a Gail —añadí esperanzada.

La tía Amber se encogió de hombros.

—Puedo intentarlo, pero no soy muy buena en estas cosas.

Estaba claro que no pretendía ni intentarlo. No podía culparla. Cuando la tía Pearl se despertarla se vengaría por la traición de su hermana. Pero había dos personas atrapadas fuera. Tenía que rescatarlos, pero no podía confiar en mis tías. Como de costumbre, se comportaban como crías. Habría sido gracioso si la situación no fuera tan grave.

—Habría estado bien que hubieras mencionado el arreglo de Pearl con Merlinda antes —dijo Tyler.

La tía Amber lanzó una mirada nerviosa hacia su hermana.

—Quería decíroslo… pero Pearl me hizo jurar que guardaría el secreto. De hecho me hizo firmar un acuerdo de confidencialidad. Por eso no podía hablar de su acuerdo. No sé los detalles, Pearl iba a anunciarlo durante la cena, justo antes de que Merlinda…

Su voz se apagó al mirar hacia el recibidor.

—Aun así, dadas las circunstancias, tendrías que haber dicho algo —insistí.

La tía Amber negó mientras se limpiaba una lágrima de la mejilla.

—Pearl se habría enfadado si le hubiera estropeado la sorpresa. Por eso invitó a Brayden a la cena, le había prometido exenciones de impuestos si la oficina central de la Escuela de Encanto Pearl seguía en Westwick Corners.

—Espera…. ¿Qué? ¿Incluso Brayden estaba al tanto de los planes de negocio de la tía Pearl antes que nosotras?

Estaba tan enfadada que llegué a considerar dejarlo en la bola de nieve.

La tía Amber asintió.

—Brayden y Pearl habían planeado hacer un comunicado de prensa a principios de enero.

Yo era la única prensa que había en Westwick Corners, y abrir una escuela de magia en alguna isla lejana no entraba en las noticias locales. Lo que más me molestaba era que lo supieran todos menos yo. Si la tía Amber lo sabía, seguro que mamá también. Brayden también lo sabía y lo lógico era que Merlinda se lo hubiera contado a Dominic. Era como una conspiración. Lo sabían todos menos Tyler y yo. Y posiblemente Earl.

—No todos —protestó la abuela Vi colocándose delante de mí e interrumpiendo mis pensamientos.

Odiaba que siempre me estuviera leyendo la mente. Iba a replicar pero me contuve a tiempo. No quería parecer aún más lunática delante de Tyler que no podía ni ver ni escuchar a la abuela Vi.

Volví a centrarme en la tía Amber.

—¿Por qué iba a ser noticia una exención de impuestos que enfrentaba al pueblo contra la tía Pearl? Son malas noticias para el resto de los contribuyentes que pagamos más impuestos para compensar la diferencia.

No entendía cómo beneficiaría al pueblo de ningún modo. Tal y como sospechaba, la tía Pearl no había invitado a Brayden a la cena familiar por su bondad, lo había hecho por motivos financieros.

La tía Amber se encogió de hombros.

—A mí no me preguntes, ya sabes que odio todos los temas financieros, me dan dolor de cabeza. Solo he hecho lo que me dijo Pearl.

Tyler y yo cruzamos la mirada.

—Eso me recuerda que el acuerdo de Merlinda con Pearl no era su única asociación significativa reciente. Merlinda tuvo otra con Dominic.

—Claro, la boda secreta —comprendí—. ¿No te parece raro que, como recién casados, no hubieran hablado los detalles del vuelo de Merlinda a su casa? Y si Dominic lo sabía, ¿por qué una visita sorpresa a Westwick Corners?

—Sí —corroboró Tyler—, teniendo en cuenta que su vuelo ya habría salido si no se hubiera cancelado por la tormenta. No había modo de que lo supiera antes de tiempo. Además, tenía que haberlo reservado con bastante antelación a las vacaciones navideñas.

Asentí.

—Todos los vuelos desde y hacia el aeropuerto de Shady Creek han sido cancelados esta mañana, como el de Merlinda. Solo hay un vuelo diario a Shady Creek desde Vanuatu, y hoy no ha salido, así que Dominic llevaría desde antes el pueblo.

Amber negó.

—Westwick Corners es demasiado pequeño, un extranjero como Dominic habría llamado la atención. Aquí todos se conocen y los cotilleos vuelan.

—Puede que se quedara en Shady Creek —sugerí.

El llamativo vehículo de Dominic no encajaba entre las camionetas y furgonetas del pueblo. Su apariencia tatuada también habría llamado la atención.

Me volví hacia Tyler pero ya tenía el móvil en mano. Dijo algo que no logré entender, colgó y se lo volvió a guardar en el bolsillo.

—Resulta que Dominic lleva alrededor de una semana hospedado en el motel número seis de Shady Creek.

—¿Estaba tan cerca y no se lo había dicho a Merlinda? —preguntó la tía Amber sorprendida—. No es un comportamiento de un marido normal. ¿Por qué esperar a verla?

—Me dijo que la tía Pearl lo había invitado para sorprender a Merlinda. Lo raro es que hubiera hablado con ella y no con Merlinda.

Recordé la llegada de Dominic. ¿Cómo sabía la tía Pearl que Merlinda no cogería el vuelo de vuelta a Vanuatu?

A menos que tuviera algo planeado. Me pareció extraño que quisiera anunciar su nueva aventura empresarial en Vanuatu y que invitara a otra gente a pasar la Nochebuena con nosotros. Era irritante, impredecible y reservada. Pero algo salió mal porque sabía que ella nunca sería capaz de hacerle daño a Merlinda.

Al menos no creía que lo fuera. Pero alguien lo había hecho en su lugar. Estaba segura de que la tía Pearl nunca mataría a alguien, pero la veía capaz de encubrir un terrible accidente. Tampoco le había gustado nunca admitir que se equivocaba. ¿Hasta dónde llegaría para esconder la verdad?

En primer lugar, el té mal preparado, después su acuerdo secreto con Brayden y ahora otro secreto con Dominic. Eso explicaba porque estaban los dos en la cena familiar. Pero no era propio de la tía Pearl. Sin embargo, seguía pensando en lo mismo. La tía Pearl nunca se equivocaba con los hechizos ni las pociones. Pero lo más incrimina-torio era que nunca ofrecía su hospitalidad a nadie, ni de la familia ni de fuera. Jamás de los jamases.

La tía Pearl era culpable de algo. Estaba segura de que no era de asesinato... ¿o tal vez sí?

CAPÍTULO 26

ientas debatía mentalmente lo que mi tía era capaz o no de hacer, la abuela Vi se paseaba levitando por la sala de estar, visiblemente molesta.

—Cendrine, ¿cómo puedes llegar a pensar eso? Pearl nunca le haría daño a nadie.

«No sé qué pensar, abuela. Nadie ha visto lo que le ha pasado a Merlinda, así que contemplo todas las posibilidades. ¿Tú has visto algo?»

La abuela Vi negó lentamente.

—Estaba demasiado ocupada autocompadeciéndome mientras todos devorabais la cena.

«Espera, ¿puedes leer todas las mentes no? Quien haya matado a Merlinda seguro que ha pensado en ello».

—No funciona sí, Cen. Cuando leo mentes solo oigo aquello a lo que presto atención. En otras palabras, tengo que esforzarme para poder leerlas. Con tanta gente en la misma habitación hablando y pensando a la vez es prácticamente imposible distinguir los pensamientos de una persona. Si hubiera sabido lo que iba a pasar... Lo siento pero no tengo pistas interesantes para ti.

—Pero en las circunstancias adecuadas...

Tal vez no fuera demasiado tarde. Puede que el asesino estuviera pensando en el crimen en ese momento. Lo único que tenía que hacer era conseguir juntarlo en la misma habitación que la abuela Vi.

Tyler frunció el ceño.

—Cen, ¿qué has dicho?

—Nada... que quizá sea buena idea interrogar a cada uno por separado.

Dudé si referirnos a nosotros como sospechosos, aunque técnicamente lo éramos. Incluso Tyler. Y también yo.

Alguien tenía que llegar hasta el fondo del asunto. Para bien o para mal, estaba segura de que podía descartar a los miembros de mi familia como asesinos. Lo que no podía asegurar era que alguna hubiera causado un trágico accidente.

Fuera cual fuera la participación de la tía Pearl, cuanto antes lo aclaráramos, mejor. Si la había liado con el té de hierbas, lo mejor era reconocerlo. Si era algo peor... en fin, no quería ni pensarlo. Se me revolvió el estómago ante la simple idea.

La tía Amber parecía preocupada.

—Cen, no pensarás de verdad que Pearl ha matado a Merlinda, ¿no? Quiero decir, que ha cometido un error con el té, pero ha sido un accidente.

Los ojos de la tía Pearl se abrieron de golpe ante la mención del té.

—Ya te lo he dicho, Amber, mi té estaba perfectamente. Nunca descubriremos al asesino si sigues diciendo tonterías.

Dicho esto, bostezó y se acurrucó en el sofá.

Aparté de mi mente la idea del asesinato y me volví hacia la tía Pearl.

—Cuéntame más sobre tu oportunidad de negocio secreta.

Además de la brujería, la misión de vida de la tía Pearl se centraba en echar del pueblo a toda la gente de negocios que pudiera. Y ahora los estaba reclutando. Era una señal de alarma.

La tía Pearl abrió bien los ojos y pestañeó con expresión de inocencia.

—¿Qué oportunidad de negocio? No sé de qué me hablas.

—Tu franquicia de la Escuela de Encanto Pearl.

La tía Pearl me dirigió una mirada perdida.

—¿Qué franquicia?

—Tu acuerdo con Merlinda sobre Vanuatu. —Incluso la tía Pearl estaba explotando a Merlinda—. ¿Qué sacas tú de esto?

—Ah, eso. —Levantó los hombros mirando a la tía Amber y la señaló con el dedo—. Sabía que no podías guardar un secreto. Mira, lo único que hice fue darle a Merlinda alojamiento y comida gratis por simple altruismo. A cambio, quiso compartir conmigo parte de su negocio en Vanuatu. Al principio me negué, pero ella insistió.

—¿Me echaste de mi propia casa para darle mi habitación a una extraña gratis? —La silueta fantasmal de la abuela Vi se oscureció hasta adquirir un tono rojizo. Estaba furiosa—. Me dijiste que ganábamos dinero alquilándola. ¿Cómo has podido traicionarme así?

La abuela Vi había pasado a vivir conmigo en una vivienda separada en la propiedad. Nuestra espaciosa casa del árbol tenía un diseño moderno, cómodo y privado, el alojamiento perfecto para un fantasma. Se había mudado conmigo cuando convertimos la casa familiar en un hostal mucho antes de que Merlinda ocupara su antigua habitación. Había tenido que mudarse porque no podíamos arriesgarnos a que espantara a los clientes. Todavía no lo había superado.

—Nadie te echó —dijo la tía Pearl—. Ese no era el acuerdo.

—¿Y cuál era el acuerdo exactamente? —preguntó la abuela Vi—. Fuera lo que fuera, no incluía esto. Quiero una restitución. Y quiero recuperar mi habitación.

Todos la ignoramos.

—¿Por qué querría Merlinda empezar un negocio en Vanuatu? Creía que quería escapar de todo eso.

Me frustraba que la historia fuera cambiando. También me dolió que a la abuela Vi no le gustara ser mi compañera de piso.

La tía Amber interrumpió mis pensamientos:

—Es cierto que Merlinda quería marcharse de Vanuatu, Pearl la convenció de que no lo hiciera. Quería que Merlinda sacara provecho de su talento y sacar beneficios.

La tía Pearl levantó las manos.

—Otro secreto. Hablas como un loro, menuda bocaza.

—¿Entonces es cierto? —pregunté, aunque ya sabía la respuesta.

La tía Amber asintió.

—Habían planeado entre las dos abrir una nueva sucursal de la Escuela de Encanto Pearl en Vanuatu.

No tenía sentido. La única sucursal operativa de la Escuela de Encanto Pearl apenas podía mantenerse con una sola estudiante. Replicar ese modelo de negocio en una isla lejana parecía algo económicamente desastroso.

Aunque Merlinda era como una superdotada de la magia, al menos según lo que habían contado del culto cargo. Tal vez la tía Pearl planeaba aprovecharse de ella también.

—Calla ya, Amber. Puedo hablar por mí misma.

—¿Entonces por qué no lo haces? —preguntó la tía Amber divertida. Estaba claramente complacida por hacer enfadar a su hermana.

La tía Pearl ya estaba completamente despierta.

—Buen intento, pero no me vas a engañar para que revele mis negocios secretos. Perderé ventaja competitiva.

La tía Amber se encogió de hombros.

—Entonces supongo que tendré que hacerlo yo. Pearl había planeado unirse a Merlinda en Vanuatu después de Navidad para ocuparse del negocio. Lo pondría todo en marcha a cambio de un porcentaje de los beneficios. Merlinda era su protegida.

—No hables de mí como si no estuviera aquí —protestó la tía Pearl—. La mitad de lo que dices no es cierto.

—¿Qué partes, exactamente? —interrogó Tyler.

La tía Pearl se encogió de hombros.

—¿Qué importa?

La tía Amber negó con la cabeza, decepcionada.

—Esto es muy grave, Pearl. He esperado a que dijeras algo, a que lo admitieras, pero no lo has hecho.

—Ni lo haré nunca. Quiero un abogado.

La tía Pearl se removía inquieta en el sofá. Los efectos del hechizo habían desaparecido completamente.

Fruncí el ceño.

—Si Merlinda estaba preocupada porque su padre intentaba aprovecharse de sus poderes, ¿el nuevo negocio no habría provocado un conflicto con él?

—Ahí es donde entra Pearl —explicó la tía Amber—. Dos brujas son mejor que una, y su padre habría sido incapaz de detenerlas. Al principio habrían llevado juntas la Escuela de Encanto Pearl, y con el tiempo Merlinda habría asumido el control. Los isleños habrían visto que Merlinda poseía la magia del culto cargo, ni su padre ni nadie más. Eso era lo único que podía liberarla de él. Pearl habría su respaldo en caso de que su padre hubiera reaccionado de forma violenta.

La tía Pearl podía ser muy persuasiva. Tal vez Merlinda se hubiera sentido presionada a seguir su plan.

—No lo entiendo. Merlinda quería acabar con la locura del culto cargo de John Frum. Eso simplemente la perpetuaría.

La tía Amber se encogió de hombros.

—Pearl convenció a Merlinda de que podía mostrar su talento e incluso animar a los isleños a desarrollar sus propias habilidades sobrenaturales. Pearl puede convertir en bruja prácticamente a cualquier. Siempre que se apliquen.

Pearl sonrió ante el cumplido.

—Te lo dije, Cen.

Puse los ojos en blanco. Estaba harta de que me acusaran de ser una bruja penosa.

La tía Amber me puso la mano en el hombro.

—No te lo tomes como algo personal, Cen. Pearl vio el potencial de Merlinda y una gran oportunidad de negocio. Pensó que si todos los creyentes del culto cargo se aplicaban, no se aprovecharían de ellos. Con unos hechizos simples, creyó que podía hacer que se matricularan en su escuela.

—Te refieres a hechizarlos para que se inscribieran. Eso es hacer trampa.

Sonaba a algo que podía traer problemas, eso sin tener en cuenta las reglas de la AIAB. Pero la tía Pearl era una oportunista.

—Pero si los demás isleños no son brujas ni magos, ¿cómo pueden hacer magia? —preguntó la abuela Vi—. ¿Es eso posible?

La tía Pearl la miró orgullosa.

—Es el ingrediente secreto. Todo es posible cuando crees en ti misma.

Eso no era cierto y tenía que decirlo.

—Ya veo, vas a aprovecharte de esas pobres almas y prometerles lo imposible. Piensas que, como creen en el culto cargo y en John Frum, puedes quedarte con el dinero de su matrícula y convencerlos de que pueden llegar a ser brujas.

—Vaya, Cen, haces que suene cruel.

—Porque lo es. Harías cualquier cosa por un mísero dólar.

—Tienes parte de razón. O por un vatu, la moneda de Vanuatu.

CAPÍTULO 27

A esas alturas estaba bastante claro que nadie me ayudaría a recuperar a Brayden y a Gail. Era un pequeño consuelo saber que la tía Amber y la abuela Vi no eran mucho mejores en ese tipo de brujería que yo. Ya no tenía a nadie a quien admirar. Bueno, a casi nadie.

Mamá era mucho mejor que yo, pero se limitaba a un puñado de hechizos. Probablemente hubiera heredado mi falta de compromiso de ella. La única posibilidad real era la tía Pearl, pero había dejado bastante claro que tenía que encargarme yo. El futuro de Brayden y Gail, o la falta de él, estaba en mis manos.

Tenía el libro de hechizos en la casa del árbol, pero ir ahora hasta allí atravesando la tormenta me llevaría demasiado tiempo. Podía salir mal cualquier cosa mientras Brayden y Gail estaban atrapados en el limbo y no podía correr el riesgo.

De repente recordé que el libro de hechizos de mamá estaba en la casa. Corrí a la cocina y rebusqué por el desordenado cajón en el que mamá guardaba su libro de hechizos de la AIAB. Lo encontré. Estaba polvoriento, probablemente porque mamá ya rara vez lo consultaba. Se centraba en los remedios herbales que se sabía de memoria.

El tacto del cuero desgastado de la cubierta me tranquilizó. Hojeé las delgadas páginas y encontré fácilmente el hechizo de teletransporte y el contrahechizo. Recordé las palabras al leer la primera línea.

Al seguir leyendo encontré algo extraño. Las palabras de la antigua edición de mamá eran ligeramente diferentes a las que había leído en mi propio libro de hechizos. No se iba mucho, pero lo suficiente para hacerme dudar. ¿Los cambios habían sido para modernizarse o es que había un problema en la versión antigua?

Siempre seguía los hechizos al pie de la letra y todavía tenía problemas. ¿Y si las diferencias con la versión antigua significaban que ya no funcionaba? O peor, ¿y si era peligroso? Un pequeño error podría provocar consecuencias muy graves para Brayden y para Gail.

Al fin y al cabo, era una oportunidad que tenía que aprovechar. No tenía más opciones. Sujeté el libro abierto y volví corriendo al porche. Tenía que concentrarme completamente y no distraerme con mis tías ni con ninguna otra persona. Tampoco podía arriesgarme a que interfirieran. Eso significaba que tenía alrededor de un minuto antes de que alguien saliera a ver qué hacía, y necesitaba estar sola para concentrarme.

Volví a leer la página, enfocando la mirada en Brayden y Gail en la bola de nieve del jardín. Ya no golpeaban el cristal, solo se acurrucaban juntos en busca de calor.

Tenía que funcionar.

Volví a leer las palabras varias veces hasta que me las aprendí de memoria. Entonces canalicé toda mi energía hacia la bola de cristal y recité las palabras:

VOLVED, volved
A mí regresad
Desde donde estéis
A recuperar la libertad

DEJAD DE GOLPEAR
Sobre el cristal

Dad un paso atrás
Y aquí regresad

EL HECHIZO ERA corto y agradable, mucho más simple de lo que hubiera creído. Era lo contrario al hechizo de transporte original. Solo tenía que hablar claro y visualizar a Brayden y a Gail.

Pero no pasó nada.

Repetí el hechizo seis veces más.

Nada.

¿Era diferente porque estaban en una bola de cristal? ¿Había otros tipos de bolas? No tenía ni idea. Pensé en mi propia prisión de cristal. No recordaba cómo había escapado exactamente, pero de algún modo lo había logrado. Y también lo harían Brayden y Gail. Podía hacerlo.

Según la tía Amber, la tía Pearl había olvidado la última frase del hechizo que había usado conmigo. Volví a mirar el libro y releí la última línea. Al menos esa frase era exactamente igual a la que recordaba de mi propio libro de hechizos. No parecía importar que la tía Amber hubiera interrumpido y pronunciado la última línea del hechizo de la tía Pearl. Parecía que cualquiera podía pronunciar las palabras… ya fuera una bruja o dos.

Tenía que haber otra razón por la que mi hechizo no funcionara y no podía recuperarlos.

Lo último que recordaba de mi prisión en la bola de nieve era un ruido sordo, los renos arañando el suelo y el cristal rompiéndose cuando por fin me liberaron.

La fuerza bruta podía ser otro modo de romper el hechizo. Si no podía conjurarlo, puede que intentara algo así. Solo necesitaba poder suficiente para romper el cristal sin herir a Brayden y a Gail. Si me concentraba podía sacarlos.

Me apoyé contra la pared hojeando el libro de hechizos de mamá con los dedos congelados. Había varios hechizos que podían funcionar en un apuro: un hechizo de terremoto y uno de apocalipsis. Viables, pero algo drásticos. La catástrofe destructora generalizada nos aniquilaría a todos. Aparte de eso, podía salir aún peor, sobre todo si dependía de mí.

Volví al contrahechizo. Lo recité de nuevo, poniendo especial atención en hablar despacio y vocalizar.

Nada.

Como dijo Einstein, repetir lo mismo una y otra vez y esperar un resultado diferente era una locura.

Lo hice por pura desesperación porque no sabía que más hacer.

Acababa de dar media vuelta para volver a entrar cuando la fuerza de la explosión me hizo caer. Caí hacia detrás, resbalando en el borde del porche cubierto de hielo.

Y todo se oscureció.

brí los ojos y me encontré con la mirada preocupada de Tyler. Me apretó la mano.

—Cen, ¿qué ha pasado? Brayden te ha encontrado en el porche. Estabas inconsciente en medio de la nieve.

¿Brayden? Si había salido de la bola de nieve, ¡mi hechizo había funcionado! Tal vez la atracción magnética de la bola de Merlinda había disminuido. O tal vez hubiera sacado a mi bruja interior después de todo. Fuera lo que fuera, estaba aliviada y orgullosa.

—No me acuerdo…

Estaba tumbada en el sofá y no recordaba cómo había llegado hasta allí. Mi último recuerdo era estar en el porche recitando el hechizo. Después de eso estaba en blanco. Me enderecé y examiné la habitación.

Mamá, la tía Pearl y la tía Amber estaban en la puerta del pasillo.

Brayden estaba sentado en el sillón que había junto a la chimenea. Sonrió con una expresión de alivio en el rostro.

—¿Qué tal, Cen? Me has dado un buen susto.

Al parecer Brayden no recordaba nada de la bola de nieve.

La tía Pearl sonrió.

—¡Cendrine West! Cada vez que te aplicas creas un espectáculo. ¿Ves lo que puedes llegar a hacer cuando te esfuerzas?

Asentí. Me masajeé las sienes y recordé el hechizo. Solo recordaba recitar la última línea del libro de hechizos de mamá. ¡El libro de mamá! Miré a mi alrededor pero no lo vi por ninguna parte. Me lo habría dejado en el porche. Seguro que ya estaría mojado y estropeado. Me incorporé y me puse de pie.

—Tengo que recuperar el libro.

—Tranquilízate Cen. —Mamá tamborileó con los dedos sobre el libro—. Lo tengo aquí, no te preocupes.

—¿Dónde están todos los demás?

En realidad me refería a Gail, pero no quería destacarla.

—Si me buscas, aquí estoy —me llamó la abuela Vi desde el techo—. ¡Uf! Ha ido de un pelo. ¿Me has echado de menos?

Incliné ligeramente la cabeza, lo suficiente para que ella lo notara.

Flotó a mi alrededor y se cernió sobre el reposabrazos.

—¿Te he dicho alguna vez que eres mi nieta favorita?

«Soy tu única nieta».

Tyler sonrió.

—¿De verdad no recuerdas nada, Cen? Has encontrado a Brayden y a Gail casi congelados fuera. Unos minutos más y habrían muerto de frío.

La abuela Vi tembló exageradamente.

—¡Eres la heroína del día, Cendrine!

Gail reapareció cuando oyó su nombre. Se había cambiado la ropa mojada y se había duchado, llevaba una toalla enrollada en el pelo. También llevaba el albornoz de mamá.

—¿Tenéis algo de ropa que me pueda poner?

Todos se volvieron hacia mí.

Negué con la cabeza.

—Lo siento pero tengo todas mis cosas en la casa del árbol. Supongo que tendrás que esperar a que se seque tu ropa.

Me sentí aliviada y casi me alegré en secreto de que su minifalda de lentejuelas y su chaqueta de cuero no pudieran ponerse en la secadora.

No podía huir con el albornoz de mamá, y eso era bueno porque tenía muchas preguntas.

La tía Amber también tenía una.

—¿Sabíais que granada en francés es *grenade*?

No sabía si quería que explotara la bola de Merlinda o se refería a otra cosa, pero estábamos desviándonos del tema.

—¿A qué viene eso, tía Amber?

Se encogió de hombros.

—Nada. O tal vez todo. Tengo el presentimiento de que las cosas están a punto de explotar.

No tenía ni idea de qué quería decir la tía Amber, pero sabía que había algo más. Yo había sacado a Brayden y a Gail de su prisión y quería algo a cambio. Aunque, por supuesto, yo los había metido ahí en primer lugar. Pero las cosas se habrían puesto mucho peores si no los hubiera acabado rescatando.

Gail se secaba el pelo con una toalla.

—Las cosas no son lo que parecen. Mirad a Merlinda. ¿Por qué la admiraban todos tanto? No era ningún ángel.

La puerta de la cocina se cerró de golpe seguida de fuertes pasos. Dominic apareció en la puerta del comedor. Estaba mojado y despeinado, como si hubiera estado en el exterior.

—Cuidado con lo que dices de Merlinda. Ten más respeto. Ella es la víctima aquí.

—Claro —se burló Gail—. Solo era una pobre niña rica que lloraba cuando no conseguía lo que quería.

Lo miré de arriba abajo y me pregunté si la tía Pearl tenía algo que ver con su aspecto desaliñado.

—¿Qué te ha pasado?

Dominic me ignoró y fulminó a Gail con la mirada.

—Eso no lo sabes, no les has dado ni una oportunidad.

Tyler y yo cruzamos la mirada. ¿De qué narices hablaban? La antipatía entre Gail y Dominic era algo extraña para dos personas que acababan de conocerse.

Gail abrió la boca para replicar pero se lo pensó mejor.

—Y ahí está la bomba —comentó la tía Amber sonriendo con superioridad—. *Touché.*

CAPÍTULO 29

—¿Vosotros dos os conocéis, no? —pregunté mirando primero a Gail y después a Dominic.

Gail miró hacia otro lado y secó el pelo con la toalla con más fuerza.

Su furiosa reacción me dijo que había dado en el clavo. Dominic y Gail se conocían y los habíamos desenmascarado. Otro secreto expuesto a la luz.

—Sí, nos conocemos —dijo Dominic en voz baja—. Aunque desearía que no fuera así.

Brayden se mostró sorprendido.

—¿Cómo es posible que os conozcáis? Dominic acaba de llegar de Vanuatu y tú vives en Shady Creek...

Gail se encogió de hombros con una expresión engreída en el rostro.

Brayden escrutó la expresión de Gail en busca de una respuesta.

—Me has mentido.

Gail suspiró.

—No te he mentido. No he dicho nada porque creía que te enfadarías.

—¿Por qué iba a enfadarme?

Brayden parecía confuso mientras cambiaba la mirada de Gail a Dominic. Poco a poco cayó en la cuenta de que su relación probablemente había sido romántica, no platónica.

Gail le cogió la mano a Brayden se la acercó.

—Puedo explicarlo, Bray. Dominic y yo nos veíamos hace mucho tiempo, antes de que se mudara a Vanuatu. Pero ahora estoy contigo y es lo único que importa.

Brayden se quedó boquiabierto.

—¿Por qué me lo has ocultado? ¿Qué ocurre, Gail?

—Yo no te he ocultado nada. No me lo habías preguntado — replicó Gail con dulzura.

Brayden parecía confuso.

—¿Por qué te iba a preguntar algo así? Los dos os habéis comportado como si no os conocierais.

Gail le quitó importancia.

—No tienes que saber todos los detalles de mi vida, Brayden. Pero, ya que no tengo nada que ocultar… Dominic y yo salimos unos meses. No lo he mencionado porque sabía que te pondrías celoso. Justo como ahora.

Brayden tenía muchos defectos pero los celos no eran uno de ellos. Como exnovia ignorada, lo sabía de primera mano. Se centraba demasiado en sí mismo como para darse cuenta de esas cosas. Ni por asomos. Aunque me sabía mal por él, no se merecía que Gail lo tratara así.

—Sí, exacto. —Dominic parecía aliviado y se volvió hacia Brayden —. Fue hace mucho tiempo. ¿Hay algún problema?

Brayden tragó saliva y un destello de duda cruzó por su rostro.

—Supongo que no. Ahora solo sois amigos, ¿no?

—Sí —dijo Dominic—. No es gran cosa.

Recordé la cena y la rabia de Gail hacia Merlinda. La gente se ponía celosa todo el tiempo, pero había algo más. Algo más allá de la envidia. De hecho, algo siniestro. Incluso envuelta en el albornoz de mamá parecía aterradora. Entendí que nunca debía tenerla en contra.

—Hablaré con todos los hombres que quiera, Brayden —dijo Gail

—. No eres mi dueño, así que deja de controlarme. —Hablaba con Brayden pero dirigía su mirada rabiosa a Dominic.

—Yo no… solo pensaba que tendrías que haber dicho algo. —La expresión dolida de Brayden lo decía todo. Había quedado totalmente asombrado ante la revelación de Gail—. Quiero decir, íbamos a pasar la Navidad juntos.

Me volví hacia Gail.

—¿Vosotros dos salisteis? ¿Cuándo?

—Eso no es asunto tuyo, Cendrine —espetó Gail.

Brayden se cruzó de brazos.

—Bueno, pero sí que es asunto mío. Si no hay nada entre Dominic y tú, ¿por qué ocultarlo? ¿Qué pasa, Gail?

Gail maldijo entre dientes pero no dijo nada más.

Me volví hacia ella.

—Creo que tu relación con Dominic es mucho más reciente de lo que dices. Que os hayáis encontrado aquí es demasiada coincidencia. Salir con Brayden solo fue una artimaña para invitarte a nuestra cena de Nochebuena.

—Le dije a Brayden que podía venir acompañado, pero no esperaba que trajera una acosadora —dijo la tía Pearl.

Miré a la tía Pearl.

—¿Es cierto lo que dice Cen? —le preguntó Brayden a Gail.

Gail permaneció en silencio.

Dominic se aclaró la garganta y miró incómodo al suelo.

La falta de respuesta era respuesta suficiente.

Todo encajaba y lo supe.

—Admítelo, Gail. Estabas celosa de Merlinda. No era que Brayden la mirara, era la relación de Dominic con Merlinda lo que te enfurecía.

—¿Por qué iba a estar celosa de ella? No me importa con quién salga Dominic.

El comentario casual de Gail contrastaba con su expresión enfadada. Escupía sus palabras como veneno.

—Sí que te importa —dije—. Manipulaste a Brayden para que saliera contigo. Admítelo, Gail. Tu torbellino romántico fue solo una estratagema para llegar a Dominic y a Merlinda.

—¿Por qué iba a hacer algo así? Tengo novio.

Gail miró a Brayden para tranquilizarse.

—Ya no estoy tan seguro —dijo Brayden—. Sé que no me lo has contado todo. No me gusta que me utilicen.

Una Gail temeraria y fuera de control era una pareja muy improbable para un Brayden serio y sociópata. Aunque Brayden había traído a Gail a la cena para ponerme celosa, no era de los que usaban a la gente. Había sido víctima de las mentiras y manipulaciones de Gail.

Brayden y Gail no eran la única pareja extraña. Dominic tampoco parecía adecuado para Merlinda, aunque tampoco es que la conociera mucho como para juzgarlos. Por otra parte, Gail y Dominic, tenían mucho más sentido. De hecho, parecían hechos el uno para el otro. Las piezas encajaban.

—Puedo explicarlo todo, Bray —dijo Gail cogiéndole la mano—. Vayamos a un lugar tranquilo a hablar.

Brayden apartó la mano.

—No, ya he visto suficiente.

Dominic se volvió hacia Gail.

—Vale, si Brayden va a cortar, hablemos. Tenemos que ponernos al día.

Increíble. A raíz de la muerte repentina de Merlinda, Dominic quería arreglar las cosas con Gail.

Gail frunció el ceño.

—Idiota, no tengo nada que decirte. Creía que te conocía, pero resulta que no sé nada de ti. Dominic levantó la mano.

—Gail, puedo explicarlo…

Cualquier pretensión de desconocidos había desaparecido.

Gail se cubrió las orejas.

—Guárdatelo para quien le importe.

—Me importa. —Dominic tragó saliva—. Es solo que no esperaba que…

—Me traicionaste, Dom. Creía que teníamos un futuro juntos.

A Gail se le rompió la voz y le tembló el labio inferior. Estaba a punto de estallar en lágrimas, desmoronándose a pesar de su duro aspecto.

Brayden negó con la cabeza.

—No me lo creo. Me siento como un completo idiota.

—Bueno, lo eres por haber traído a esa mujer —comentó la abuela Vi levitando sobre la cabeza de Brayden.

—Tienes razón —dijo la tía Pearl.

Dominic suspiró.

—Es mejor que lo sepas ahora, porque lo descubrirás tarde o temprano. Aunque Gail no lo admita, ella también es de Vanuatu.

—Qué disparate, no sé de qué estás hablando.

—Espera, ¿qué? —Brayden parecía cada vez más perplejo y se volvió hacia Gail—. Si eres de Vanuatu, ¿por qué no tienes acento?

—Es inmigrante estadounidense, como yo —dijo Dominic—. Los dos trabajábamos en la tienda de artículos de buceo en el hotel de la familia de Merlinda.

En retrospectiva, era una pareja obvia. Tenían más o menos la misma edad y ambos eran agresivos y bordes. Era una pareja que no se me había pasado por la cabeza hasta el momento porque ya estaban emparejados, o más bien desparejados, con otra gente.

—Te la han jugado, Brayden —dijo la tía Pearl—. Eres demasiado tonto para darte cuenta de que Gail te usaba, nunca estuvo interesada en ti en absoluto. Eres un soso.

—¡Tía Pearl!

Su franca honestidad era tan mala como sus habituales mentiras.

—Pero, pero…

Brayden estaba rojo de ira.

Sentí una punzada de simpatía por mi ex. Brayden no era tonto. Solo estaba demasiado absorto en sí mismo para ver lo que Gail era realmente: una manipuladora fría y calculadora que lo usaba para obtener lo que quería.

El dolor se reflejaba en el rostro de Brayden. Por primera vez en mucho tiempo, nos necesitaba y no iba a decepcionarlo.

Quería darle un abrazo.

En lugar de eso, usé algo de brujería anticuada.

La venganza es un plato que se sirve frío.

CAPÍTULO 30

Mi hechizo de congelamiento había funcionado. Tal vez incluso demasiado bien, ya que solo quería congelar a Gail y a Dominic pero acabé congelando a Brayden también. Fue un daño colateral por estar demasiado cerca de Gail cuando lancé el hechizo.

Ups, lo había vuelto a hacer.

Mamá se aferró a la tía Amber para apoyarse.

—Uf, Cen. Ha ido de poco. Casi nos hechizas a nosotras también, avísanos antes la próxima vez.

—Lo siento, mamá. Supongo que ha sido una reacción natural.

A decir verdad, no esperaba que el hechizo funcionara. Normalmente no lo hacen porque me olvido uno o dos detalles importante. Aquel día era especial, estaba en racha brujil.

—¡Bien hecho, Cen! —La tía Pearl dio una palmada—. Todavía hay esperanza para ti.

Sonreí ante el inesperado cumplido mientras estudiaba a nuestros tres invitados inconscientes. Había usado un hechizo de congelación en Gail, Dominic y Brayden como un modo de calmar la situación. Su triángulo amoroso amenazaba con desviar nuestra investigación e impedirnos llegar al fondo del asunto. Lo último que necesitábamos era otra muerte en nuestras manos.

Mi hechizo no era tan fuerte como los de la tía Pearl, pero nos daría un espacio de tiempo suficiente para hablar entre nosotros. Lanzar hechizos no era tan difícil cuando le pillabas el truquillo. Decidí dedicarle más tiempo y atención a mis poderes. La práctica hace maestros. Sería mi propósito de Año Nuevo.

Tyler frunció el ceño.

—Espero que tengas un plan, Cen.

—Claro —mentí.

Mi magia improvisada había congelado los vértices del triángulo amoroso y nos concedía unos minutos para hablar. Más allá de eso, no tenía ni idea de qué hacer a continuación.

Earl entró en la habitación y se detuvo abruptamente al ver a nuestros tres invitados congelados temporalmente. Dio un paso hacia detrás, tropezó con la alfombra y cayó de espaldas.

Tyler lo cogió justo a tiempo y lo estabilizó.

—¡Por dios! ¿Qué diablos ocurre aquí? —preguntó con la voz un par de octavas más alta de lo normal—. ¡Espero no ser el próximo!

Tyler negó con la cabeza.

—Espera lo inesperado, Earl. Deberías conocer a las mujeres West a estas alturas.

La tía Pearl le quitó importancia con la mano.

—No lo escuches, Earl. No tienes nada de qué preocuparte. Sabes que te protegeré…

Calló a mitad frase cuando vio que todos la observábamos.

La tía Amber lanzó un beso al aire.

—Oh… Pearl es tan dulce contigo, Earl. ¿Cuál es tu secreto? Nunca la había visto así con nadie.

—¡Amber, cállate! —gritó la tía Pearl sonrojada.

Earl también estaba avergonzado. Sus mejillas parecían aún más enrojecidas que su camisa de franela roja. Ignoró la pregunta de la tía Amber y cambió de tema señalando a los tres invitados inconscientes en el suelo.

—¿Qué pasa con ellos?

—Nada… —Me inventé rápidamente una historia para explicar el estado de nuestros comensales—. Se están echando una siesta mientras se aclaran las cosas.

—¿Te refieres a lo de Merlinda?

Seguramente Earl habría estado cerca de la tía Pearl el tiempo suficiente para tener algo más que una idea de sus poderes mágicos y, por extensión, de los míos. Había muchas cosas en nuestra familia que desafiaban la lógica.

Earl era un tipo relajado y despreocupado, pero también era inteligente, lo que hacía que la atracción que sentía hacia la tía Pearl resultara aún más misteriosa. Tal vez fuera atracción intelectual, ya que seguro que no era por su alegre personalidad.

Asentí.

—Sí. Solo serán unos minutos.

La tía Pearl sonrió alegremente.

—Lo que Cen quiere decir es que estamos jugando a ver quién aguanta más haciéndose el muerto. Te lo has perdido cuando has salido de la sala.

La tía Amber contuvo el aliento.

—Mala elección de palabras, Pearl.

La tía Pearl puso los ojos en blanco.

—Sabes a lo que me refiero.

Estábamos retrasando lo inevitable porque los juegos de la tía Pearl tenían que volver a la verdad. Y la verdad era que teníamos un asesino entre nosotros.

Earl tampoco creía la escusa tonta del juego de Pearl. Se encogió de hombros y se dirigió a la ventana.

—Suena demasiado tranquilo para venir de ti, Pearl. Creo que voy a volver a casa. La tormenta ha cesado y las últimas horas han sido demasiado para mí. No puedo permitirme sufrir un infarto.

—Nadie va a ninguna parte —dijo Tyler—. Y menos tú, Earl. Puede que necesite tu ayuda.

—Earl… —La tía Pearl estaba sonrojada y su voz, normalmente irritante, sonó suave como la miel—. Por una vez estoy de acuerdo con el sheriff. En casa te aburrirás y sabes que te gusta estar ocupado. Quédate… te prometo que haré que valga la pena.

—No sé… —dudó Earl mirando nostálgico por la ventana—. Estoy algo cansado. A veces me agotáis.

La tía Pearl se puso en pie. La alegre disposición que había mostrado momentos antes había desaparecido.

—Ahora no puedes irte. Tengo muchas cosas planeadas y apenas hemos empezado con las celebraciones navideñas.

—Eso es lo que me asusta. —Earl señaló a nuestros tres cautivos—. No podéis dejar a la gente inconsciente cada vez que os apetezca.

—Ha sido cosa de Cen, no mía. Aunque tardaremos en arreglarlo. Como siempre, voy a tener que ocuparme yo.

La tía Pearl agitó los brazos y murmuró por lo bajo.

Intenté protestar pero era demasiado tarde.

Dominic abrió los ojos de golpe. Después se despertó Brayden e instantes después, los siguió Gail.

—¿Lo ves, Earl? No hay daños. —La tía Amber le cogió el brazo a Earl—. Quédate un ratito más y ayúdame a llevar esto. No te arrepentirás.

La tía Pearl no se arrepentía nunca de nada. Eso era lo que más miedo me daba.

CAPÍTULO 31

Nuestros tres invitados se pusieron en pie tambaleantes. Estaban cansados, aturdidos y confundidos. También parecían más hechos polvo que antes.

Brayden se arrastró hacia el sofá y se dejó caer. Se frotó las sienes.

—Me duele mucho la cabeza. Tendría que haberme quedado en casa.

Volví a lanzar el hechizo sobre Brayden para evitarle el dolor de cabeza del hechizo y el provocado por Gail. En pocos segundos estaba dormido.

—Sí, bueno, yo me voy a casa. Me vuelvo a Vanuatu. —Dominic se volvió hacia Gail—. ¿Quieres que te lleve a Shady Creek? El tiempo ha mejorado, así que ya se debe poder circular por la carretera. Esperaremos a que vuelva a abrir el aeropuerto y cogeremos el próximo vuelo.

Miré al exterior y vi que el Escalade de Dominic volvía a estar estacionado en el camino de la entrada.

—Por encima de mi cadáver, nene —dijo la tía Pearl.

Gail resopló.

—Eso tiene fácil arreglo, vieja.

Tyler se colocó entre Gail y la tía Pearl y mostró las llaves del coche de Dominic.

—Nadie se va a ninguna parte hasta que yo lo diga. Y eso no ocurrirá hasta que no sepamos que ha pasado con Merlinda. Así que ya podéis empezar a hablar.

—De acuerdo —dijo Earl poniéndose detrás de Tyler—. Todos tenéis que quedaros aquí.

Gail rebuscó en su bolso y sacó el móvil.

—¿Qué problema tenéis? No podéis retenernos aquí. Voy a llamar a la policía.

—No es necesario, el sheriff Gates está aquí —dijo amablemente la tía Amber.

—Me refiero a la policía de verdad. Esto es un chiste. Este sheriff no ha hecho nada para mantenernos a salvo. No sé qué tramáis, pero no pienso quedarme entre tantos tarados y sufrir el mismo destino que Merlinda.

Dominic se frotó la cabeza.

—Yo tampoco.

Gail jadeó y se agarró el estómago.

—Un momento… Creo que a mí también me han envenenado. Debe haber sido el pastel navideño. O tal vez el té. Sea lo que sea, me encuentro fatal.

—¿A quién acusas…? —La tía Pearl se interrumpió a mitad frase—. Ah, no, ni se te ocurra. Intentas culparnos a mí y a Ruby.

La tía Amber le tapó la boca a la tía Pearl con la mano.

Dominic se reclinó sobre la pared en busca de apoyo.

—Yo tampoco me encuentro nada bien.

Gail se volvió hacia Dominic.

—Vamos a morir los dos y es por tu culpa. Si hubieras hecho lo que tenías que hacer, yo no estaría aquí ahora.

—Ya. No quiero discutir más contigo.

Dominic se dejó caer apoyándose en la pared hasta quedar sentado.

—Dejad de discutir —dijo Tyler—. Solo haréis que empeoren las cosas para los dos. Todavía escondéis algo y quiero saber qué es.

—Sí, aflojad la lengua —exigió la tía Pearl—. Confesad lo que le habéis hecho a Merlinda.

Dominic levantó las manos con las palmas hacia afuera en señal de protesta.

—No le he hecho nada a Merlinda, lo juro. No pienso cargar con las culpas de esto. Le dije a Gail que no podía hacerlo, pero no me hizo caso. Esto no es lo que parece, puedo explicarlo todo.

—Pues hazlo. —Gail cogió la bola de nieve tropical de Merlinda y se la arrojó a Dominic—. Me dijiste que solo era por trabajo, que acercarte a Merlinda era parte del plan maestro. ¡Mentiroso!

—Gail, lo siento, no quería…

Dominic se encogió para esquivar la bola.

Por suerte, Gail no tenía mucha fuerza. Me apresuré y extendí el brazo para coger la bola. Ahora que su creadora había muerto, su brillo se había apagado. Me sabía mal que lo único que quedaba de ella acabara en cristales rotos.

Apenas la pude rozar con los dedos. Me tambaleé sobre un pie y la bola en la mano. Era demasiado grande para cogerla bien, así que me rodó por el antebrazo como si hiciera malabares. La bola me dio en el pecho haciendo que perdiera el equilibrio.

Sospeché que la bola de Merlinda tenía aún más poderes de los que ya había presenciado, pero no quería comprobar la teoría. Cada bruja tenía un modo de crear los hechizos. Algunos incluso incluían trampas explosivas para evitar ser manipulados por otras brujas. Si Merlinda hubiera protegido la bola de algún modo diferente al repelente magnético, yo no lo sabía. Aunque dejar caer la bola estaba fuera de discusión.

Suspiré aliviada cuando por fin la sostuve firmemente. La presioné con seguridad contra la barriga y la sostuve cerca mientras recuperaba el equilibrio.

Gail cogió una copa de vino vacía y se la lanzó a Dominic. Esta vez acertó.

—¡Idiota! Dijiste que Merlinda nos haría ricos. Y vas y me traicionas. Por codicia. ¡Tenías que matarla! ¡No casarte con ella!

Dominic extendió los brazos en señal de rendición.

—¿Está muerta, no? Tienes lo que querías —consiguió decir con la voz rota mientras intentaba contener sus emociones.

—Te enamoraste de Merlinda —dijo la tía Pearl con comprensión y con la voz también rota—. Y aun así la has matado. ¿Cómo has podido?

—No la he matado, lo juro. Se suponía que tenía que secuestrarla, no matarla. Pero ni siquiera fui capaz de hacer eso. Me retiré porque la amaba. No podía hacerlo.

—Mentiroso —siseó Gail—. Eres incapaz de amar. Te pudo la codicia y decidiste excluirme del plan. Por eso no contestabas a mis mensajes. Me dejaste en la tienda de artículos de buceo encargándome de todo, esperándote. No me llamaste ni una vez para preguntarme cómo estaba. Ahora sé por qué. En lugar de secuestrar a Merlinda, la estabas conquistando todo el tiempo. Creías que podrías casarte con ella y heredarlo todo. Bien, pues has matado a la gallina de los huevos de oro. ¡Espero que te pudras en la cárcel, doblemente perdedor!

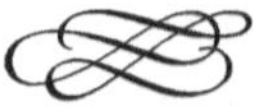

 rayden roncaba escandalosamente en el sofá, ajeno al enfrentamiento que se desplegaba ante nosotros entre Gail y Dominic. Los demás formábamos un semicírculo a su alrededor. Se miraban como si estuvieran a punto de batirse en un duelo a muerte.

Dominic era o bien un criminal sin escrúpulos o bien un marido afligido cuyas acciones habían llevado a la muerte de su esposa. De cualquier modo, no sentí ninguna lástima. Lo habían pillado con las manos en la masa y parecía dispuesto a incriminar a Gail para librarse de toda la culpa.

Dominic suspiró.

—Habíamos planeado secuestrar a Merlinda y pedirle un rescate a su padre. Una vez hecho, enviaríamos un vídeo de prueba de vida mostrando a Merlinda pidiendo ayuda. Sabíamos que su padre pagaría el rescate porque necesitaba a Merlinda y sus poderes en Vanuatu. La necesitaba para sacar más del culto cargo. Toda la creencia sobre John Frum se basaba en ello.

—Pero no pudiste ni hacer eso —dijo Gail—. Como no me llamaste tuve que volver para asegurarme de que acabaras el trabajo. Y luego descubrí que en vez de eso te la tirabas. Dom, ¿cómo pudiste hacerme esto?

—Te dije que no podría hacerlo, pero no me hiciste caso. — Dominic se volvió hacia Tyler con la voz quebrada mientras las lágrimas resbalaban por su rostro—. Corté con Gail hace tiempo, así que no la he engañado.

La tía Pearl resopló.

—Qué considerado. Tendrás lo que te mereces, nene.

Me puse al lado de la tía Pearl, preparándome para enfrentarme a ella si decidía hacer algo contra Dominic. Esperaba no tener que llegar a eso.

—Tía Pearl...

—¿Me estás amenazando, Pearl? —dijo Dominic—. Yo no lo haría si estuviera en tu lugar. También sé cosas sobre ti.

—Mientes, nene —dijo la tía Pearl—. No puedes tener nada sobre mí, no he hecho nada malo.

—Excepto tal vez el té —intervino la tía Amber—. Incluso tú cometes errores.

—Déjalo ya, Amber —espetó la tía Pearl—. No me estás ayudando.

La tía Amber negó con la cabeza.

—Chantajear a Pearl es buscarse problemas, jovencito. No sabes de lo que es capaz.

Le puse una mano en el brazo a la tía Pearl.

—Ya has dicho suficiente. Deja que se ocupe Tyler.

Desviar la conversación podía hacer que nos perdiéramos cualquier oportunidad de confesión.

—No me digas que me calle, Cen. Dominic se merece que le diga cuatro cosas. Y tal vez algo más.

—No, tía Pearl... —protesté.

Dominic levantó los brazos en señal de rendición.

—Tienes razón. Me merezco todo lo que me pase. Por mentir y esas cosas, pero no por la muerte de Merlinda. Nunca le haría daño. Sé que puede parecer lo contrario, pero juro que no tengo nada que ver con su muerte. Ha sido un horrible accidente.

Gail fulminó a Dominic con la mirada.

—Mentiroso. No tenía ni idea de lo que estaba pasando hasta que os he visto juntos esta noche. Te casaste con ella para sacarme del trato. El matrimonio era el mejor modo de aprovechar sus poderes y hacerte rico. Pero no va a pasar, ¿verdad?

—Eso no tiene sentido —dijo Dominic—. Merlinda vale mucho menos muerta que viva. Además, la amaba. Nunca me habría aprovechado de ella así.

Estaba convencida de que Gail no habría podido concebir ese plan sin la participación de Dominic. Independientemente de si se había retirado o no, al principio formaba parte del complot.

—Pues no voy a llevarme la culpa por ti —espetó Gail—. Eres tan culpable como yo.

Dominic la señaló con el dedo.

—¡No! ¡Admite que la has matado!

Gail entrecerró los ojos.

—Evidentemente, no voy a admitir nada. Sé una cosa sobre ti, Dominic. Tienes un plan de repuesto. Estoy convencida de que le habías hecho un seguro bien caro.

La tía Pearl volvió a resoplar.

—¿Así que ahora Merlinda es una pobre chica? No pensabas eso cuando la mataste.

—No te metas, Pearl. —Tyler se colocó delante de la tía Pearl y se volvió hacia Dominic—. Sigue hablando.

—Admito que nosotros, es decir, yo, había planeado acercarme a Merlinda —dijo Dominic—. La idea era ganarme su confianza y después secuestrarla. Pero es algo imposible en Vanuatu. Estaba fuera de su círculo social y no había modo de conocerla. Así que cuando Merlinda se marchó de Vanuatu durante el primer semestre para ir a la Escuela de Encanto Pearl, cogí el mismo vuelo.

»Soborné a la aerolínea para poder sentarme a su lado y la seduje lo suficiente para que aceptara salir conmigo. Le dije que era un empresario con importantes negocios en Estados Unidos. Pero al final tuve que volver a la tienda de artículos de buceo en Vanuatu mientras ella asistía a la escuela aquí en Westwick Corners. Así empezamos y desde entonces mantuvimos una relación a larga distancia.

Gail frunció el ceño.

—Lo alargaste todo tanto tiempo que me cansé de tus excusas. Solo querías seguir viendo a Merlinda cuando volviera a casa por vacaciones.

—No me bastaba con la relación a distancia, y a Merlinda tampoco. Nos casamos en secreto en Vanuatu en las últimas vacaciones.

Gail jadeó.

—¿Os casasteis en Vanuatu? ¿Delante de mis narices? ¿Cómo pudiste hacerme eso, Dominic?

—No es que pudiera invitarte a la boda —se rio Amber.

Dominic la ignoró, aparentemente dispuesto a acabar su confesión.

—Mantuvimos la boda en secreto, y no le hice caso a Gail. No iba a secuestrar a mi propia esposa.

Gail resopló.

—No era necesario sacarme del plan. Te hiciste rico de la noche a la mañana.

Dominic la fulminó con la mirada.

—Todo llegó a un punto crítico cuando el padre de Merlinda se enteró y la hizo elegir: o yo o Vanuatu. Y yo tenía que elegir entre Merlinda y el plan de Gail.

—¿Así que ahora resulta que es mi plan? —preguntó roja de ira—. Estábamos juntos, Dom. No intentes librarte, ya te he dicho que no voy a cargar con la culpa.

Dominic suspiró con expresión de agotamiento.

—Le dije a Gail que no, pero no me escuchó. Así que, lo alargué todo lo que pude, suponiendo que al menos Merlinda estaría a salvo en la escuela. Entonces Gail dijo que ya no podía esperar más y me vine. Pero no podía hacerlo.

—Mentiroso —acusó Gail—. La has matado tú.

Dominic negó con la cabeza.

—No. Solo llegué a pensar en el secuestro.

La tía Amber silbó.

—¿Cómo secuestras a tu propia esposa? Nunca he oído algo así. A mí no me pareces tan inocente.

—Se volvió necesario para su propia protección. Para salvarla de algo peor. —Dominic suspiró profundamente—. Realmente no tenía nada planeado. Pensé que tal vez pudiéramos fugarnos los dos y empezar de nuevo en alguna parte. Nunca esperé esto.

—Presentarse en la cena es un extraño modo de secuestrar a alguien —intervino Tyler—. Todos somos testigos. A menos que la visita improvisada fuera parte del plan. Fingir ser el marido enamorado que viene de visita sorpresa para sacar a Gail de escena.

Dominic asintió lentamente.

—Supongo que esa parte es cierta. Puedes encerrarme por eso, pero no la maté.

CAPÍTULO 33

—Dominic hace que parezca que lo obligué a secuestrar a Merlinda, pero no es cierto —dijo Gail—. Ya le había exigido cincuenta mil dólares al padre de Merlinda en una nota pidiendo un rescate. Su padre habría pagado. Es una pequeña cantidad en comparación con lo que ganaba con los hechizos de Merlinda. La necesitaba por sus poderes.

Me volví hacia Dominic.

—¿Eso es cierto?

Gail señaló su móvil.

—Tengo una foto de la nota de rescate justo aquí.

Dominic agitó las manos en señal de protesta.

—Admito que escribí la nota, pero no llegué a enviarla. Juro por dios que no maté a Merlinda. La amaba.

—Sí, claro —resopló Gail—. Igual que dijiste que me querías a mí. Tal vez aún podamos arreglarlo. Merlinda ya no está pero seguro que nosotros aún podemos hacer algo con estas brujas.

—Claro que sí —ironizó la tía Pearl—. Espera que no te hagamos nosotras algo a ti.

La tía Amber nos miró a la tía Pearl, a mamá y a mí, boquiabierta.

—Un momento, Gail, ¿sabes que somos brujas? ¿Quién se lo ha dicho?

Como si eso fuera lo más alarmante que teníamos en mente.

Como si no hubiéramos estado insinuando todo el tema de la brujería durante toda la noche hablando del culto cargo de Merlinda y todo lo demás.

—¡Claro que lo sabía! Sois muy poco disimuladas. ¿Creéis que sois tan inteligentes que nadie sospecha de vuestro toque especial? Claro que sabía que Merlinda hacía aparecer las cosas. Con la misma facilidad con la que vosotras conjuráis de todo. Era el objetivo del proyecto John Frum. Pero ahora necesito una Merlinda de repuesto. Si queréis participar, haré que valga la pena.

—No conjuramos… —me detuve a media frase.

Gail sacó una pistola del bolso y me apuntó.

—Creo que acabo de encontrar una nueva oportunidad de negocio, Dom. Ocúpate de las viejas mientras yo me encargo de esta. Estableceremos nuestro propio culto cargo aquí, en Westwick Corners.

—¡No eres rival para las brujas de Westwick, gatita!

La tía Pearl apareció de repente entre nosotras y, con sorprendente fuerza, empujó a Gail sobre una silla que se había materializado misteriosamente tras ella. En cuestión de segundos, un par de manos invisibles ataron a Gail de pies y manos a la silla con una cuerda también aparecida mágicamente.

La tía Pearl se limpió las manos como si acabara de hacer algo asqueroso.

—Supongo que no eres tan lista como te crees.

Gail refunfuñó:

—No, soy más lista que todas vosotras juntas. Estáis muy ocupadas pensando en lo maravillosas que sois y en realidad estáis tan absortas en vosotras mismas que ni os dais cuenta de que existe más gente.

—Ni de sus trucos sucios —suspiró la tía Amber—. La verdad es que nunca esperaba un asesinato delante de mis narices. Aunque no entiendo que eso signifique estar absorta en mí misma.

Gail puso los ojos en blanco.

—Os centráis tanto en cosas sin importancia que no veis la magnitud de la situación.

—No cambies de tema, Gail —espetó la tía Pearl—. Sabes que no es tan fácil como parece. La pobre Merlinda tenía que conjurar todo tipo de cosas de antemano para satisfacer las demandas del culto cargo. Tenía que volver cada vez que había puente y trabajar día y noche para reabastecer el inventario y que durara todo el tiempo que ella estuviera fuera. Y lo hizo todo bajo coacción. Es algo que tú nunca habrías podido hacer.

Mamá asintió.

—Esa pobre chica tenía que conjurar toda una montaña de objetos mágicos. Aunque no lo entiendo. Sus poderes la hacían más valiosa viva que muerta.

—Exacto. Para todos excepto para una persona, y es esa —dije señalando a Gail—. Eres la única que saca un mayor beneficio con su muerte. Incluso sin tener el rescate, tenías que vengarte de Merlinda por robarte a Dominic. La mataste. No por dinero, sino por amor.

—No seas ridícula —dijo Gail—. Fue Dominic. Tenía una gran póliza de seguro sobre la vida de Merlinda. Él la ha matado.

—¿De cuánto era la póliza, Dominic? —preguntó Tyler.

—No es lo que parece. Merlinda y yo teníamos seguros de vida porque es lo que hacen las parejas casadas. Hace que parezca que le puse un precio a su cabeza. He perdido mucho más de lo que he ganado.

Dominic se echó a llorar.

—Llora todo lo que quieras —intervino la tía Pearl—. Merlinda me contó cómo la manipulabas. Estaba a dispuesta a dejarte. Gail y tú sois tal para cual.

Gail resopló.

—¿Veis? La ha matado para que no lo dejara.

Brayden se removió en el sofá. Abrió un ojo lentamente y después el otro.

—Echarle la culpa a otro no funciona, Gail. —Levanté la botella de vino que había traído Gail—. Has puesto algo en el vino.

Gail negó con la cabeza.

—Todos han tomado vino, pero solo Merlinda se ha puesto mala.

—Eso no es cierto —repliqué—. Solo tú, Brayden y Merlinda habéis bebido vino blanco del que tú has traído.

—Eso es ridículo —dijo Gail—. Yo he bebido vino y sigo viva. Y Brayden también.

Negué con la cabeza.

—No, has derramado la copa de Brayden antes de que tuviera la ocasión de dar un sorbo. Y tú no has tocado tu copa.

—Sí que lo he hecho —se defendió—. Pero estabas demasiado borracha para fijarte.

Brayden se enderezó hasta quedar sentado.

—¡Dios mío! ¡Has intentado envenenarme!

La tía Pearl puso los ojos en blanco.

—Deja de ser tan dramático, Brayden. Al final no te lo has bebido, así que, ¿qué más da? No eres siempre el ombligo del mundo.

—¿Cómo que qué más da? —sollozó Brayden—. ¿Y si me lo hubiera bebido? Tenía tanto que beber que, sinceramente, no me acuerdo. Y este dolor de cabeza me está matando.

—Solo es resaca —espetó la tía Pearl—. Deja de interrumpir y vuelve a dormirte.

Brayden abrió la boca pero pensó que sería mejor no decir nada. Se abrazó las rodillas y se las acercó al pecho.

—Bueno, yo no estaba demasiado borracho para ver lo que has hecho, Gail —intervino Earl—. Solo he bebido un poco de ponche de huevo de Amber. Te he vigilado toda la noche. He visto cómo vigilabas a todos los demás, y he visto como no probabas ni un sorbo de vino. Sabía que tramabas algo, pero no sabía qué.

—Mentiroso, he bebido un montón.

Gail intentó levantarse de golpe pero las cuerdas la retuvieron.

—Querías matar a Merlinda, pero estabas dispuesta a matarnos a todos de paso —acusó la tía Pearl con la voz llena de rabia—. Mereces morir como Merlinda, tengo la intención de acabar contigo ahora mismo.

Earl frunció el ceño.

—Tengo un consejo para ti, Gail. La próxima vez vuelve a sellar el tapón. Los invitados educados no traen botellas ya abiertas a la cena.

—Vale, ya me he decido —dijo la tía Pearl—. Eres historia, gatita.

—Espera ahí, Pearl. —Earl se acercó hacia ella y la abrazó. Era el doble de su tamaño pero no era por la fuerza. Fue lo que le dijo—: No hagas nada de lo que te vayas a arrepentir.

—Tienes razón —admitió la tía Pearl de mala gana volviéndose hacia Tyler—. Alguien tiene que hacer el trabajo sucio para variar. ¿Sheriff? ¿A qué esperas?

CAPÍTULO 34

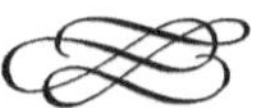

Brayden, mamá y yo estábamos delante del porche delantero mirando cómo desaparecía la camioneta de la policía de Shady Creek. Dominic y Gail estaban a salvo de camino a la cárcel, ambos acusados por el asesinato de Merlinda.

Habían abierto las carreteras una hora antes. Nuestra zona de estacionamiento estaba llena de vehículos policiales. El forense de Shady Creek y los agentes estarían las próximas horas procesando la escena del crimen. Tyler estaba contándoles los detalles.

Lo que al principio había parecido ser un delito de oportunidad había acabado siendo un crimen pasional. Nunca fui buena en geometría, pero los triángulos amorosos entrecruzados eran evidentes en retrospectiva. Ojalá haberlo visto antes y haber salvado a Merlinda de un final tan trágico.

Todavía había algo que me confundía, Merlinda era de todos menos ordinaria. Era una bruja poderosa, pero no había logrado ver las verdaderas intenciones de Dominic. Supongo que el amor es ciego, incluso para las mejores brujas. Hasta Merlinda había sido engañada en asuntos del corazón.

La melancolía brillaba en los ojos de la tía Pearl.

—Merlinda era un bruja tan poderosa, con tanto talento... Nunca volveré a ver ese potencial. A menos que...

Se volvió hacia mí con una mirada de esperanza.

—Olvídalo, tía Pearl. —Di un paso atrás y negué con la cabeza—. Sabes que no funciono bien bajo presión. Y la brujería no da para vivir. No quiero tener el peso del mundo mágico sobre mis hombros como le ha pasado a Merlinda.

La tía Amber suspiró.

—Al final ni siquiera Merlinda pudo manejarlo. Estoy de acuerdo con Cen. Qué pena. Era una bruja talentosa pero pésima juzgando personalidades. Para tener éxito hacen falta las dos cosas.

Mamá asintió mostrando su acuerdo.

—Pobre muchacha. Creía que Merlinda lo tenía todo y resulta que no tenía nada.

Las últimas horas habían sido muy reveladores cuando descubrimos la triste existencia de Merlinda. Parecía que todos se habían aprovechado de ella para beneficiarse.

La tía Amber negó. No puedo creer que el padre de Merlinda la usara para fingir que había resucitado a John Frum y al culto cargo.

Merlinda había sido un peón en manos de su padre. No era de extrañar que hubiera huido a la Escuela de Encanto Pearl en Westwick Corners. Puede incluso hubiera alargado a propósito su vuelta a casa con la esperanza de encontrarse con la nieve.

Dominic también se había casa con ella para sacar beneficio. Lo mismo que la hacía poderosa, la hacía vulnerable ante los demás. Acabó pagando con su vida.

—Le hacía la vida muy rentable a su padre —añadió la tía Pearl—. Su magia lo enriquecía y lo convertía en un pez gordo en Vanuatu. Voy a encontrarlo y encerrarlo. Es hora de que me tome unas vacaciones en el Pacífico Sur.

Como si fuera una señal, Tyler entró en el comedor protestado.

—No te metas, Pearl. Ya me he puesto en contacto con la policía de Vanuatu. Están arrestándolo ahora mismo. Se hará justicia.

—Pero es el jefe de policía —replicó la tía Pearl.

—Ya no —respondió Tyler—. Lo han destituido y ha sido reemplazado por un subordinado que ya estaba llevando a cabo una investigación secreta. Nuestros hallazgos corroboraban los suyos. El padre de Merlinda no disfrutará de la libertad en mucho tiempo.

—¿Por qué? ¿Por asesinato? —preguntó la tía Amber.

—No, por extorsión, fraude y otros delitos.

—Está siendo demasiado fácil —se quejó la tía Pearl.

—No cuentes con ello —dijo Tyler—. Me han dicho que tiene muchos enemigos que antes tenían miedo de hablar. Ahora que lo han arrestado y destituido del cargo de jefe de policía, seguro que recibe muchas acusaciones, lo que probablemente signifique que se le impute por más cargos.

Resultó que los lugareños no se habían creído realmente la estafa del culto cargo, pero algunos le seguían el rollo porque obtenían cosas gratis. Otros simplemente hacían la vista gorda y disfrutaban las celebraciones anuales, aunque muchos creían que el padre de Merlinda convertía se burlaba de su historia y tradiciones.

Los ojos de la tía Pearl brillaron.

—Sigo pensando en las vacaciones tropicales. Noto una gran oportunidad de negocio.

Suspiré.

—No vas a quedarte el culto cargo de Merlinda, tía Pearl. Mejor dejarlo a la historia. No sería muy bien recibido por los isleños después de todo lo que ha pasado.

—Puedes venir conmigo, Cen —propuso guiñándome un ojo—. Considéralo una salida de campo. Cuando veas el potencial puede que cambies de opinión. Ya sabes, y te apuntes a la Escuela de Encanto Pearl.

—Ni por asomo.

El principal motivo por el que Merlinda era una bruja tan poderosa era porque había dedicado más horas al estudio de la magia que todos los demás. No tenía intención de seguir sus pasos.

La tía Pearl se puso melancólica de repente.

—La pobre Merlinda solo quería usar sus poderes para hacer el bien, no para enriquecer a su padre. Qué ironía que quisiera que la gente pensara en él como su benefactor y no como el delincuente que era. Se aprovechó totalmente de ella. Los bienes que no usaba para sí mismo o para sobornar, los vendía y sacaba más beneficio. Así se hizo rico.

—Supongo que necesitaba controlar a Merlinda o su plan se habría ido al traste —comentó la tía Amber.

—Merlinda era la clave de su éxito. Ni siquiera John Frum podía hacer aparecer cosas de la nada. Probablemente se sintió aliviada cuando se canceló el vuelo. Podía retrasar su regreso.

—Aunque sí que echaba de menos Vanuatu —afirmó la tía Pearl—. Le advertí que no volviera, pero no me hizo caso. Extrañaba a Dominic y dijo que quería pasar las vacaciones en casa. Tuve que actuar con rapidez.

—¡Madre mía, Pearl! —exclamó la tía Amber—. Sí que la envenenaste con el té. ¡Lo sabía!

—No digas tonterías, Amber. ¿Cuántas veces tengo que decírtelo? No había ningún problema con el té. No cometí ningún error, así que déjalo ya. No fue así como impedí que volviera a casa, sino que hice que cancelaran el vuelo.

Fruncí el ceño.

—No se puede llamar a la aerolínea y... un momento. ¿Quieres decir que alteraste el tiempo atmosférico? ¿Tú has traído la tormenta? —Siempre había pensado que conjurar una ventisca de nieve estaba más allá de las habilidades de cualquier bruja—. ¿Has estropeado la Navidad de un montón de gente solo para retener a Merlinda aquí?

—Deberías intentarlo alguna vez, Cen. Tener tanto poder sobre la gente es embriagador. Podrías incluso superar a Merlinda si te esforzaras. Primero tienes que dominar el hechizo de la bola de nieve y después... —La tía Pearl miró con nostalgia a su alrededor—. No quería... no importa.

No tenía sentido discutir.

—Aun así creo que tendrías que haber dejado que Merlinda volviera a casa. Retenerla aquí es un poco obsesivo, ¿no crees?

—No lo hice por razones egoístas, Cen. Tenía que salvar a Merlinda de su padre. —Se le empañaron los ojos—. No esperaba que los problemas llegaran aquí. Su padre llamaba día y noche pidiéndole que volviera a casa. La pobre Merlinda sentía que no tenía elección, así que yo tomé la decisión por ella.

¿Era esta la verdadera tía Pearl? Estaba compartiendo sus sentimientos sobre alguien que le importaba. Nunca la creí capaz de hacerlo.

—¿No te dijo lo de la boda secreta?

La tía Pearl negó con la cabeza.

—No. Si lo hubiera sabido, la habría impedido. Me confiaba todo lo demás, así que o era mentira, o Merlinda tenía miedo de decirlo por si lo descubría su padre.

—Supongo que al final la verdad a salido a la luz —dije.

—Pobre Merlinda. Lástima que el destino tuviera estos planes para ella.

CAPÍTULO 35

El día de Navidad amaneció tranquilo y sereno. No había rastro de la tormenta de nieve que azotó Westwick Corners durante la mayor parte del día anterior. De hecho, la temperatura había subido sustancialmente.

Las nubes de tormenta habían amainado para revelar un brillante cielo azul. Era como su los desafortunados eventos de la noche anterior nunca hubieran ocurrido. O como si hubieran acabado.

Miré por la ventana del salón mientras me bebía el café de la mañana. El sol de madrugada derretía los montones de nieve y creaba pequeños riachuelos por el camino de entrada.

Me estremecí, a pesar de la ardiente chimenea. Estábamos confinadas en una pequeña esquina del salón mientras los últimos agentes acababan de recoger las pruebas. Habían registrado cada rincón del comedor, la cocina y la habitación de Merlinda.

Pobre Merlinda. Cualesquiera que fueran las ventajas que había tenido en vida, habían acabado siendo usadas en su contra. Tenía dinero y poder, pero al final fue traicionada por el amor y la confianza.

—La policía no tardará mucho ya.

Tyler había informado a la policía de Shady Creek y todos habían proporcionado nuestras declaraciones. No había mucho más que hacer, ya que tanto Dominic como Gail habían confesado.

Me senté en el sofá y me acurruqué junto a Tyler. Me sentía segura con sus brazos rodeándome. Estaba agradecida por todo lo que tenía. Decidí no volver a dar nada por sentado. El triste destino de Merlinda me había dado una nueva perspectiva de las cosas.

Tenía un novio maravilloso, una familia encantadora e increíbles poderes mágicos que podía usar cuando quisiera. Incluso mi aburrida y rutinaria existencia en Westwick Corners tenía cierto encanto en comparación con las alternativas. Tenía todo lo que una chica podía desear y más. Lo realmente importante era lo que haría con lo que tenía. Pero no tomar elecciones no era una opción. Tenía que hacer algo.

Mis poderes eran míos, podía canalizarlos hacia lo que quisiera. Mis habilidades no serían desperdiciadas en travesuras o en conseguir bienes materiales. En cambio, perfeccionaría mis talentos para usarlos de manera filantrópica para ayudar al resto.

No dudaba que la tía Pearl tuviera algo que decir al respecto. Pero al fin al cabo, solo era una opinión más.

Mis poderes eran míos. Al fin los controlaba y era cosa mía cómo había llegado a conseguirlo. Pero hasta que me hiciera cargo de mi propio destino, habría otras brujas que me engañarían y me superarían, como la tía Pearl. O peor, podía ser víctima del mal como Merlinda. Si quería ser fuerte, tenía que practicar y convertirme en una bruja más poderosa.

Busqué a la tía Pearl con la mirada y me sentí aliviada al verla en el sofá abrazada a Earl. Ambos roncaban suavemente al unísono. La mano de Earl descansaba sobre el muslo de la tía Pearl que seguía llevando el vestido de terciopelo verde. Era una escena conmovedora. La tía Pearl normalmente ocultaba su lado sentimental, pero ahora estaba a la vista.

Consideré brevemente hacer una foto para poder avergonzarla, pero decidí no hacerlo. No quería hacer nada que desalentara su incipiente romance con Earl. Era muy bueno para ella. Su naturaleza tranquila suavizaba sus asperezas. Y, sobre todo, la hacía feliz, aunque no lo admitiría fácilmente.

La tía Amber me sacó de mis pensamientos. Agitaba un vaso vacío en el aire.

—¿Quién se ha bebido todo el ponche de huevo?

—No puedes decirlo en serio, Amber —dijo mamá—. No son ni las ocho de la mañana.

—Claro que lo digo en serio. Después de todo lo que ha pasado, necesito una copa. Todavía no me he acostado, así que aún no es por la mañana. Al menos por lo que a mí respecta.

—Se ha acabado el ponche —dijo mamá—. Le di el que quedaba a Dominic y Gail, supuse que les vendría bien un poco de alegría festiva. Es la última de la que disfrutarán próximamente.

La abuela Vi rio y se colocó junto a mamá.

—Yo también espero no disfrutar de su presencia próximamente.

—Vaya. —La tía Amber se dio la vuelta y se marchó a la cocina—. Pues vino tendrá que ser.

—Mirad —dijo Brayden señalando la bola de nieve de Merlinda sobre la repisa de la chimenea.

La luz parpadeante de la bola se había convertido en un resplandor amarillo soleado inquebrantable.

El brillo de las luces de navidad y el ardiente fuego calentaban la habitación. Pero no se trataba solo del fuego ni de la compañía de mis seres queridos. Sentía algo más, una presencia desconocida pero reconfortante. No podía señalarla, pero, sin embargo, allí estaba.

Faltaba algo más. Mi deseo navideño estaba incompleto.

Cogí a Tyler de la mano y me levanté.

—Ven, quiero enseñarte una cosa.

—¿Estás segura? Creo que necesitas un descanso. —Los cálidos ojos marrones de Tyler centellearon cuando puso la mano sobre la mía—. Creo que nunca he tenido una Nochebuena tan emocionante. Tu familia atrae a los personajes más peculiares.

Me incliné y lo besé.

—Es casi todo culpa de la tía Pearl.

—Es todo culpa de Pearl —susurró.

—¿Seguro que quieres formar parte de esta loca familia? Puedes echarte atrás si quieres. No sabes dónde te metes.

—Sé exactamente dónde me meto, Cendrine West.

Tyler asintió hacia la tía Pearl que roncaba escandalosamente apoyada sobre Earl.

Era nuestro primer momento de paz desde que Tyler había llegado a la hora de la cena y quería aprovechar al máximo el poco tiempo que teníamos. Quería mis navidades soñadas. Era demasiado tarde para la cena íntima de Nochebuena, pero nunca era demasiado tarde para el romance.

Guie a Tyler hacia detrás del árbol de navidad para escondernos. Me puse de puntillas y me lancé sobre sus brazos para darle un beso largo y pausado.

Entonces lo vi.

Al principio creía que era solo un adorno navideño en el que no había reparado antes.

Pero no era así.

Era una bola, más pequeña y tenue que la de Merlinda, descansado sobre las ramas superiores del árbol de Navidad, un palmo por encima de donde había visto por primera vez la bola de Merlinda.

Y no era cualquier bola, era mi bola. No la que había usado para atrapar a Brayden y a Gail, era otra. Una que habría creado sin darme cuenta en uno de los primeros intentos.

Era mi deseo navideños hasta el más mínimo detalle. Mientras que la bola de Merlinda mostraba la isla tropical de Vanuatu, la mía mostraba Westwick Corners bajo un manto de nieve.

Acerqué a Tyler hacia mí y miré dentro de la bola. Las ventanas cubiertas de escarcha enmarcaban la acogedora escena del interior, una romántica mesa para dos. Era exactamente lo que siempre había imaginado. No era a tamaño real, pero era mi deseo navideño, lo había hecho realidad. Envolví a Tyler con mis brazos y lo besé.

Mi bola había estado escondida a plena vista, pero no me había molestado en mirar.

Me deshice del abrazo de Tyler, ansiosa por compartir la noticia. Mi bola de nieve era preciosa y potente. Y la había creado yo sola sin la ayuda de nadie. Sobre todo quería demostrarle a al tía Pearl que mi magia era mucho mejor de lo que ella creía. Me lo pensé mejor y volví a abrazar a Tyler.

Sonrió.

—Hay secretos que vale la pena guardar, Cen. Puede ser útil en algún momento.

—Tienes razón.

Me entendía. Aceptaba quién y qué era. Incluso a mi loca familia. Saboreé el momento un poco más antes de volver a reunirnos con el resto.

La tía Pearl se removió en el sofá. Se apartó de Earl lentamente, con cuidado de no molestarlo.

—Ruby dice que necesito un descanso de todo. Pero no sé qué hacer conmigo misma. Esa pobre chica. Ojalá la hubiera salvado.

—Lo siento mucho, tía Pearl —dije—. Sé que Merlinda te preocupaba mucho.

Nunca había visto a mi tía tan unida a alguien, y menos expresándolo tan abiertamente. Era un lado suyo que no sabía que existía.

—No pasa nada. —La tía Pearl negó con la cabeza pero una lágrima le rodó por la mejilla—. Pero era mi mejor alumna, tenía grandes expectativas para ella. Y ahora ya no está.

Me volví hacia ella.

—Tienes más estudiantes.

—No es lo mismo, Cen. Merlinda no era como los demás. Era la única estudiante…

Mi momentánea felicidad se había convertido en irritación.

—Seguro que tienes otros estudiantes que quieren aprender. Tal vez solo necesites anunciarte. Ya sabes, promocionar la Escuela de Encanto Pearl.

Sollozó.

—No quiero a cualquiera como estudiante. Tenemos una riguroso proceso de selección y no pienso cambiarlo.

—Tal vez podrías ceder un poco, bajar tus estándares.

Era como si no me oyera.

—Te voy a decir una cosa. Te dejo volver siempre que prometas seguir tus lecciones esta vez.

—Pero no estoy preparada...

La tía Pearl se señaló el reloj.

—Deberías prepararte. La clase empieza en una hora. —Se levantó de golpe, se dirigió a la puerta de entrada y la abrió. Salió y se volvió —. Voy a preparar el plan de estudios. Tal vez me arrepienta de decir esto, pero la única estudiante mejor que Merlinda eras tú, Cendrine. Voy a hacer esto por tu bien. Algún día me lo agradecerás.

—Pero yo no quiero ser bru...

Me di cuenta de que se había enfrentado a mí a propósito delante de Tyler para que no pudiera protestar. Aunque Tyler ya conocía mi secreto, la tía Pearl no sabía que él lo sabía. Y no quería que lo supiera. Ya tenía demasiado poder.

Tyler sonrió y me guiñó el ojo.

—Puede que debas dejar que Pearl se salga con la suya. Todo el pueblo es feliz cuando Pearl es feliz.

Levanté los brazos en señal de protesta. No entendía porque siempre tenía que ser el cordero sacrificado.

—Ojalá dejara de intentar controlarme la vida.

—Pearl se preocupa por tu, Cen —dijo la abuela Vi—. Quiere que seas la mejor versión de ti misma. Deberías alegrarte por ello.

Quería responder cuando algo me llamó la atención.

Era la bola de nieve tropical de Merlinda. Descansaba en las ramas del árbol de navidad a mitad camino de la cima. Vibraba con energía, iluminando la habitación como una bombilla de mil vatios. De hecho, brillaba con tanta energía que casi esperaba que despegara.

—Creo que Merlinda trata de decirnos algo —dijo la abuela Vi—. Quieres que ocupes su lugar.

Sacudí la cabeza firmemente.

La tía Pearl siguió mi mirada.

—¿Lo ves, Cen? No soy la única que piensa de ese modo. De hecho, es mi deseo navideño.

—Es uno bueno, Pearl —coincidió mamá—. Seguro que Cen adoptará tu forma de pensar. Dale tiempo.

—¿Cuál es tu deseo, Cen? —La tía Pearl agitó la mano con desdén
—. Olvídalo. Si es algo sobre el sheriff Gates, no quiero oírlo.

Tyler rio por lo bajo.

—Es un secreto.

Sonreí y pensé en mi bola de navidad escondida entre las ramas.

La tía Pearl me guiñó el ojo.

—Cuidado con lo que deseas, Cen. Puede que se haga realidad.

Cuánta razón tenía.

MENSAJE DE LA AUTORA

Las brujas de Westwick son producto de mi imaginación, pero John Frum y el culto cargo son reales. Al menos hasta cierto punto. Me he tomado libertades en la historia, pero no está lejos de la realidad. Si queréis saber más, podéis encontrar muchos ejemplos históricos y actuales.

John Frum es uno de los muchos cultos cargos que existen en áreas remotas del Pacífico Sur entre otros lugares. Frum es el nombre comúnmente asociado con los marineros que llegaron a Tanny, una de las islas que forman la pequeña nación de Vanuatu.

Por aquel entonces, Vanuatu era conocido como Nuevas Hébridas. Aunque eran islas remotas, tenían visitantes ocasionales a principios del siglo XX, y los isleños quedaban impresionados por sus modernas comodidades y su aparente riqueza.

Sin embargo, fue durante la Segunda Guerra Mundial cuando el culto despegó. 300 000 soldados atracaron en las islas, llegados por mar y por aire. Trajeron consigo todo tipo de suministros o «cargo», como los llamaban los propios militares. Las tropas construyeron barracas Quonset y, en poco tiempo, las pacíficas islas se llenaron de industrias.

Los suministros incluían carpas, comida, medicamentos y armas.

También llevaron a las islas los primeros camiones, neveras, carne enlatada, chucherías y Coca-Cola. La calidad de vida mejoró enormemente para los isleños con todas las nuevas comodidades. En una palabra, les parecía mágico.

Antes de esto, los isleños creían en antiguos historias y creencias que habían sido registradas y transmitidas durante generaciones. Era normal que algunas de estas fábulas se combinaran con las historias de los hombres y el «cargo» que traían a las islas aparecido de la nada. Así floreció el culto cargo. Muchas de las leyendas de John Frum son una combinación de antiguas creencias entrelazadas con esperanzas modernas que llevaron los visitantes bien equipados hasta Vanuatu.

John Frum puede ser una abreviatura de «John from America» o puede tener un origen diferente. Independientemente del nombre, algo parecido a este culto o seudorreligión existía mucho antes de la Segunda Guerra Mundial. Pero la llegada de las tropas pareció ser una prueba irrefutable de las leyendas ancestrales. Las creencias diferían: algunos consideraban a John Frum una deidad religiosa, otros, como una figura mística, y otros creían que era un compuesto ficticio de visitantes que habían pasado por la isla en tiempos mejores.

Pero al final las guerras terminan, igual que la estancia de las tropas en Vanuatu. De hecho, acabó abruptamente, tal y como cabría esperar de una operación militar que se desmantela cuando termina la guerra. Su marcha significó el fina de las modernas comodidades, ya que nadie más transportaba alimentos exóticos ni práctica tecnología doméstica a las islas.

A medida que los isleños se enfrentaban a su nueva realidad, algunas creyentes crearon ceremoniales pistas de aterrizaje para alentar a los visitantes a volver por aire si no podían volver por mar. Si alguna vez vivieras en una isla remota sin modernidades, probablemente también adorarías a una figura inventada. Si una vez llegaron extraños con todo tipo de tesoros, podía volver a pasar. No podía ser malo considerar todas las posibilidades.

Sea una ilusión, una creencia real o solo una excusa para divertirse, muchos vanuatenses todavía celebran las extrañas y maravillosas modernidades que traen los aviones de las fuerzas aéreas, las flotas navales y los marinos mercantes y hacen predicciones sobre su próximo regreso. Los verdaderos creyentes esperan todos los 15 de febrero, la supuesta fecha de retorno, e incluso los escépticos disfrutan del desfile y las celebraciones anuales. Este día se conoce como el día de John Frum en Vanuatu.

Recuerda a la celebración de Navidad y Santa Claus.

Espero que hayáis disfrutado de Brujil Navidad tanto como yo escribiéndola. Podéis ayudarme a continuar escribiendo esta saga escribiendo comentarios y reseñas con honestidad. Las leo todas, ya que me ayudan a determinar la dirección de las historias, los personajes y si continuar con esta serie o empezar una nueva.

¡Gracias por leerme!

Colleen

ACERCA DEL AUTOR

La autora de bestsellers Colleen Cross escribe divertidos libros de misterio, thrillers inteligentes y emocionantes que te atrapan desde la primera página.

Sus libros gozan de éxito internacional. A los amantes de los misterios sobrenaturales les encantarán los héroes y heroínas de Colleen, sus divertidos misterios y sus mágicas desventuras. Sus relatos siempre están llenos de humor, corazón y justiacia.

Colleen pasa mucho tiempo elaborando crímenes, hojeando su libro secreto de hechizos y visitando la fantástica tierra de Westwick Corners, la ciudad dominada por sus brujas fuertes y atrevidas.

Atrapa criminales y resuelte casos de crímenes con magia, caos y una dosis generosa de risas. No hay crimen que se le resista a una buena bruja. Por supuesto, hay muchas historias de crímenes y misterios que empiezan con las propias brujas.

Colleen vie con su familia en la costa oeste de Canadá. Es un lugar cercano pero al mismo tiempo lo suficientemente lejos de las brujas de Westwick. Cuando no está escribiendo, le encanta correr y explorar con su braco alemán, Jaeger, quien le recuerda a diario que la vida es demasiado corta para no perseguir sus sueños (o a una o dos ardillas).

Sus libros de suspense y misterio se han traducido a varios idiomas, y aún hay más en proceso. Puedes encontrarlos en catalán, inglés, francés, holandés, alemán, italiano y portugués entre otros utilizando el término de búsqueda Colleen Cross.

www.colleencross.com

OTRAS OBRAS DE COLLEEN CROSS

Los misterios de las brujas de Westwick

Caza de brujas

La bruja de la suerte

Bruja y famosa

Brujil Navidad

Serie de suspenses y misterios de Katerina Carter, detective privada

Maniobra de evasión

Teoría del Juego

Fórmula Mortal

Greenwash: Un Engaño Verde

Fraude en rojo

Luna azul

No-Ficción:

Anatomía de un esquema Ponzi: Estafas pasadas y presentes

¡Inscríbete su boletín para estar al tanto de sus nuevos lanzamientos!

http://eepurl.com/c0js9v

www.colleencross.com

www.ingramcontent.com/pod-product-compliance
Lightning Source LLC
Chambersburg PA
CBHW060551190726
48283CB00003B/960